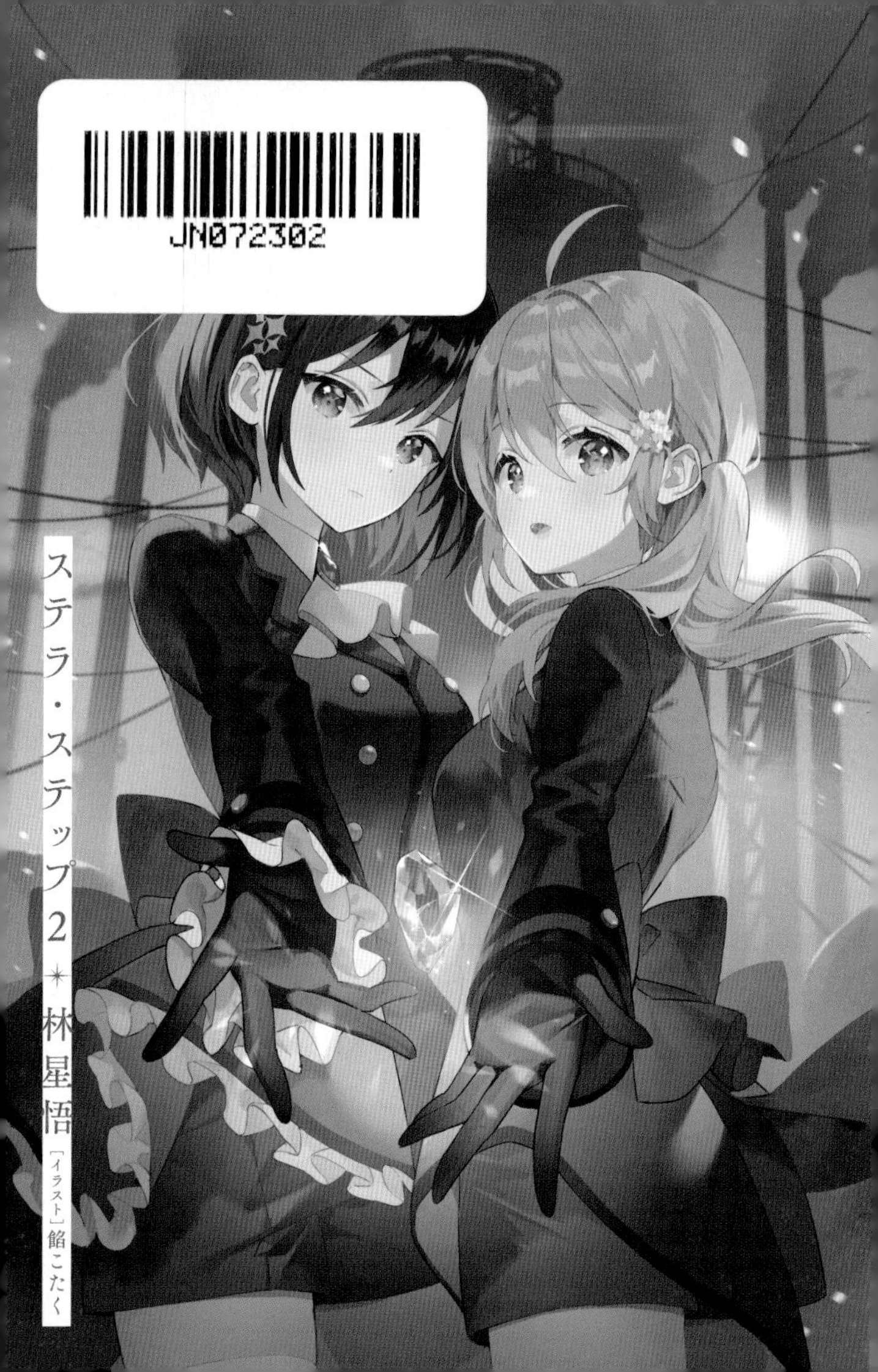
JN072302
ステラ・ステップ2
林星悟
［イラスト］餡こたく

Contents

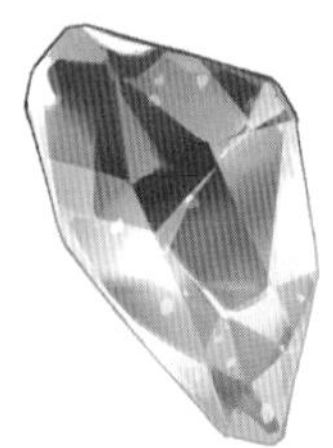

「あんたは道具（アイドル）として舞台に立つの。
心は全部、ここに捨てていきなさい」

「……うん。ぴったり」
「わぁあ……っ！」

「……わ、かっ……た……」

か細い声で、レインはそう答えた。

答えてしまった。

ハナが隣にいたら、
絶対に違うって言えたはずなのに。

ステラ・ステップ2

林 星悟

MF文庫J

口絵・本文イラスト●餡こたく

沈む間際に最も赤く燃える夕陽。
煌めきを振りまいて砕け散る鏡。
眠らぬ街を灼き尽くす流星の雨。
そう、光とは
消えゆくその瞬間が、最も強く美しい。

Stellar＋Step

第一章　空は何処までも赤く

「わぁ……！　見てくださいレインちゃん！　綺麗な夕陽ですっ！」

夕陽のはずがないと、まず初めに思った。

まだ日が昇ってから数時間しか経っていない。

日が昇ったのは知っているのだから、朝焼けでもない。

乗客を一人増やして『花園』を出発した心動車が、『鉄の国』の方向……東へ進んでいたのも知っている。当然、太陽が沈む方角がこちらでないことも。

しかしレインは、あんなに赤い光を夕焼け以外に知らなかった。

「えへへっ。『砂の国』で見る景色とは全然違って、なんだか面白いですっ」

隣で楽しそうにはしゃぐハナの横顔。

その瞳はきっと、目の前に広がる世界と同じ色を映しているんだろう。

けれど、覗き込んで確かめることは、今のレインにはできなかった。

「……あれは『紅の太陽』よ」

レインを挟んでハナとは反対側の座席に座るフレアが、呆れたように呟いた。

「太、陽……？」

「本物の太陽じゃないわ。ただそういう名前がついているだけの共心石結晶（シンパシウム）。この国のどこにいても見える、『鉄の国』の中心地にして象徴よ」

眼前（がんぜん）の世界を染め上げる赤い光が、レインには酷（ひど）く恐ろしいものに思えた。

進めば進むほど、近づけば近づくほど、空も大地もどこまでも赤くなっていって。

遮るもののない広大な砂漠で見上げるあの青空なんて、きっとここには無くて。

「あんたにこんな事言う日が来るなんて思わなかったけど……ようこそ、『鉄の国』へ」

ああ、私たちは本当に。

知らない世界に、足を踏み入れてしまったんだ。

◇

もうずっと前の出来事のように思える、つい昨日のこと。

『砂の国』の最強アイドル・レインと、そんなレインに憧れる新人アイドル・ハナ。

二人が組んだユニット『Rain（レイン）×Carnation（カーネーション）』は、国を背負ったアイドル同士の戦争……戦舞台（ウォーステージ）にて、『鉄の国』のアイドル・フレアに敗れた。

戦舞台は、国同士が互いの財産を賭けてアイドル同士を争わせ、勝った国が負けた国の領土や資源を奪うことのできる戦争。

自身の所有権を賭けて舞台に立つも敗北してしまったレインとハナの二人は、『鉄の国』の所属アイドル……いや、所有物として移譲されることとなった。

その道中。重々しい音を立てながら進む心動車（エモーターカー）は、ハナたちを乗せて『花園』を出てからわずか数十分で『鉄の国』の領内へと到着した。

「鉄の国がうちからこんなに近かったなんて、ビックリですっ。しばらく会えないと思ってましたけど、これならお母さんやお姉ちゃんにもすぐ会いに行けそうです！」

ニコニコとご機嫌な様子のハナに視線も向けず、フレアは窓の外、遠くの空を見つめながら舌打ちして呟（つぶや）いた。

「……馬鹿みたい。そんな自由、あるわけないのに」

「そうなんですか？　……やっぱり鉄の国のレッスン、大変なんでしょうか……!?」

「…………」

さっきからずっとこんな調子だ。フレアはハナと対話することを……いや、彼女を「人間」と見なすことそのものを避けているように見えた。

実際、レインもずっとハナに対してどんな顔で接すればいいのか戸惑っていた。

——一体今までコレの何処（どこ）を見てきたんだ？

ハナは、人間ではなかった。

彼女の母親……いや、鈴木一花の母親である椿が、共心石を使って造り出した、一花の「正の感情」だけを詰め込んだ人形。

心を失う病……星眩みに侵された一花を治す特効薬として生み出された、作り物の花。

全てを知ってしまった今でも信じられない。

すぐ隣で無邪気に笑う可憐な少女が。ステージの上で呼吸をして、愛や夢やキラキラを詞に乗せて歌う彼女が。レインの知るどんなアイドルよりも心豊かな「人間」だったハナが……人の手で造られた人形だったなんて。

それが何？　ハナはハナだ。そう叫ぶ自分もちゃんといる。

人間かそうじゃないかなんて関係ないはずだ。ハナと過ごしてきた時間も、彼女にもらったたくさんの笑顔も、キラキラも、全部全部かけがえのないレインの宝物だ。

レインにとっては、心が無かったかつての自分の方がよっぽど人間じゃなかった。

じゃあどうして、ハナの言葉に笑顔を返せないの？

どうして、ハナの瞳をまっすぐ見つめられないの？

（……決まってる。怖いんだ……）

虹みたいで綺麗だって思ってたハナの瞳に、私の知らない色が映るのが怖い。

鏡に映るよりも鮮明に、私の不安が映るのが怖い。

星眩みの事を知ってから、アイドルの「末路」を知ってから、共心石の光を恐れるようになってしまった私の弱い心。それでもハナが隣にいてくれれば大丈夫だって思えたのに……そのハナの瞳が、キラキラした七色の光の正体が、共心石だと知ってしまった。たったそれだけの理由で、自分が「ハナを恐れてしまうかもしれない」ことが、何より怖かった。

ハナが人間じゃないから怖いんじゃない。共心石だから怖いんじゃない。その程度の事で、世界で一番大切な相棒を恐れてしまうかもしれない自分自身が怖かった。その恐れを、不安を、ハナに見透かされてしまう事も。

「……レインちゃん？」

「……っ、あ」

不意に名前を呼ばれて初めて、レインはずっと自分が俯いていたことに気づいた。

顔を上げれば『紅の太陽』の赤い光が、横に目を逸らせばハナの顔が目に入るから、無意識にずっと下を向いていた。

「大丈夫ですか？　花園を出てから、なんだかずっと元気がないような……」

「……うん。平気だよ。ありがとう、ハナ」

目を逸らしたまま、口元だけどうにか微笑む。

平気だよ。平気なはず。こうして普通に喋れてる。

……普通？　どこが。目も合わせられないのに……？

「……よーしっ」

そんなレインを見たハナは、気合いを入れるように前を向いて姿勢正しく座り直し、小さく「うーん……」と唸(うな)って数秒沈黙したあと、大きく息を吸って。

「……～～～♪」

急に歌い出した。

「はぁ……!?」

困惑するフレアにも構わず、ハナは楽しそうに口ずさむ。

（……これ……）

全てのアイドルに共通して与えられた「課題曲」……その『三番』。

ハナが『サンフラワー』と名前をつけた曲。

まだレインが心を捨てたお人形だった頃に、初めてハナと二人で歌った曲。

「っ、ちょっと、レイン……何なのこれ。やめさせなさいよ……！」

「……やだ」

「何で！」

「聞きたいから。私が」

「ふざけてんの……!?」

先程までずっと重苦しい雰囲気だった車内に、ハナの明るく元気な声が満ちていく。

不安の雲が渦巻いていたレインの心にも。

……ああ、ハナってやっぱり『アイドル』だ。

人間でも、そうじゃなくても……変わらない。

この子はきっと、どこでだってアイドルでいられる。

そんなハナの隣にいれば、私だってきっと……。

「……っ、わわ!?」

突然、レインたちを乗せて進んでいた心動車（エモーターカー）が止まった。

「あ、もしかして到着ですか？」

ハナがわくわくしたような声で窓の外に目をやるが、そこは一見何も見当たらないような荒れ地で、フレアが鉄の国の中心地と言っていた『紅の太陽』もまだ遠い。

「ここで降りなさい」

車を運転していた女性が短く告げた。続いて、ハナ側の扉が外にいた人物の手によって開かれた。ここでずっと到着を待っていたのだろうか、疲れた様子の少女だった。

「……どうぞ……」

レインよりほんの少し年下に見える少女の、覇気のない声。

この少女も、鉄の国のアイドルなのだろうか。

「ありがとうございますっ」

ぴょんっと文字通り躍り出るように車を降りたハナに続いて、レインも外に出ようと身を乗り出す。

その腕が、フレアの手で力強く掴まれた。

「……あんたはここじゃない」

「えっ……!?」

戸惑うレインを車内に取り残して、扉が再び閉まる。

「あ……!?　ちょ、ちょっとフレア、離して……！」

振りほどこうと強く引っ張るが、フレアの握る力は強くビクともしない。仕方なくそのまま扉を開けようともう一方の手を伸ばすも、取っ手のような部分すら見当たらない。外側からしか開けられない構造になっているようだ。

「な、何で……！　何でハナだけ……!?」

「後でちゃんと説明してあげるわ」

窓ガラスの向こう、突如として離れ離れにされたハナに思わず目をやる。

ハナは車内のレインではなく、やや上の方に目をやってから、にっこりと微笑んで扉越しにも届く声を上げた。

「大丈夫ですっ、レインちゃん！　またすぐに会えます！」

「そ、そんなの……！」

何一つ説明されていないのに、どうしてわかるの。

「そんな気がするんですっ。だから、レインちゃんはわたしを信じててくださいっ！」

レインが何も応えられないでいるうちに、重く冷たい鋼鉄の箱は進み出して、ハナだけをこの何もない荒野に置き去りにしようとする。

「と、止まって……置いてかないで……」

動き出した車は止まってはくれない。手を振るハナの姿が遠ざかっていく。

呼吸のたびに、鼓動のたびに、彼女の影が小さくなっていく。

「……酷い顔」

フレアが溜め息をついてレインの腕を離す。

とっくにハナの姿は見えなくなっていた。

結局一度も、目を合わせられないまま。

「無様ね。あの『レイン』が……舞台の上でどれだけ私が喰らいついても涼しい顔してたあの最強の怪物が、こんなことで簡単に心を乱されて、狼狽えて、情けない。……ねえ、今の『置いてかないで』って、どっちのこと言ったの？」

どこか憎しみのこもったような声で、フレアは捲し立てた。

レインに対してではなく、恐らくはハナに対しての憎悪。

「……あんた自分で言ってたでしょ。どこでだってアイドルはできる、鉄の国のルールにも従うって。……いつまでもそんな調子でいられたら困るのよ」

確かに言った。その言葉に嘘は無いし、強がりでもない。

けど、それはハナが隣にいてくれたから言えたことで。

ハナの隣じゃない場所なんて、想像していなくて……。

「早く戻ってよ、前のレインに。何度挑んでも届かなかった、あの化け物みたいな最強のアイドルに。……じゃないと、すぐに捨てられる。鉄の国の『アイドル』には、道具以外の意味なんて必要ないんだから」

――赤。

赤い、赤い、世界。

沈まない太陽が照らす『鉄の国』の空と大地が。

燃え上がる炎のようなフレアの瞳が。

一人きりになってしまったレインの心を、焼き焦がすように追い詰めていく。

――レインちゃんはわたしを信じててくださいっ！

「……うん。私は、レイン。アイドルの、レイン……」

祈るように唱えてみせた言葉に、フレアはひとまず納得したのか、それ以上は何も語ることはなかった。

レインの口にした『アイドル』と、フレアの言う『アイドル』は違う。

眼前(がんぜん)の世界を染める赤を、レインはキッと見つめ返した。

アイドルは道具じゃない。それは、この世界の何処(どこ)にいても同じはず。

「……大丈夫」

胸に手を当て、ハナにもらった鼓動を確かめる。

ハナが大丈夫と言ってくれた。何の根拠も無いはずのその言葉は、それでもレインにとっては何より信頼できる魔法の呪文のようだった。

深呼吸し、取り乱した心をいったん落ち着けてから、改めてフレアに問いかける。

「……フレア。何でハナだけ先に降ろされたの」

「あの子はまだアイドルじゃないからよ」

淡々と答えたフレアの言葉に、レインはまた疑問を抱く。

「どうして？　ハナも私と同じアイドルだよ」

「……はぁっ。『砂の国』ではそうだったかもしれないけど、鉄(うち)にも鉄(うち)のルールがあるのよ。……いい？　鉄の国には二種類のグループがある」

呆(あき)れたように溜(た)め息(いき)をつきながらも、きっちりと説明してくれるフレア。

「ひとつは、私たちのように実際に戦舞台（ウォーステージ）に立つアイドルが所属する『鐵組（クロガネぐみ）』。いわゆる選抜メンバーのこと」

二本目の指を立てたフレアの表情が、ほのかに曇る。

「……もうひとつが『鉱組（アラガネぐみ）』。研鑽（けんさん）を積みながら『鐵組』に空きが出るのを待つ予備メンバー。鉄の国においては、アイドル未満の研修生ってところよ」

「研修生……？　でもハナは、もう戦舞台にも出たことあるのに」

『砂の国』では、新人アイドルはリハーサルと呼ばれる戦舞台の予行練習を行うことで正式なアイドルとして登録されていた。ハナはレインとのリハーサルをこなしてアイドルになり、戦舞台にも立ったのだからアイドルではないのだろうか。

「……逆よ。あんたが特別なの。普通は何処かで戦舞台の経験があったとしても、鉄の国のやり方を教え込むために『鉱組』でゼロから鍛え直す。けどレイン、あんただけはこれまで砂の国で挙げてきた戦果から、この国のどのアイドルよりも強いって判断された。だから特例中の特例でいきなり『鐵組』に配属されたの」

睨（にら）みつけるようなフレアの目つきには、どこか悔しさが浮かんでいた。

「……私、フレアに負けたよ？」

「ッだから、あれは……！」

フレアの瞳が、一瞬火花が弾（はじ）けるように揺らめいた……が、フレアはそこで言葉を止め、レインから視線を逸らして続けた。

「……とにかく、あんたとあの子は別々の組に配属することになったの。訓練方式も生活拠点も別。だからもう会えないし、会う必要もない」

「そっか。……でも、予備メンバーってことは、言い換えればハナの実力が認められればクロガネ組の方に来られるってことでしょ？」

「……本気で言ってるの？」

「うん。ハナの頑張りは、誰よりも見てきたつもりだから」

「馬鹿馬鹿しい。……レイン、あんたと比べるのは流石に可哀想だけれど、そうじゃなくても私の見てきたアイドルのうちでは下の下よ、あの子は。さっきの『三番』だって聞いてられなかった。音程もテンポも滅茶苦茶だし、妙なアレンジ加えてるし。課題曲を課題通りに歌う最低限のことすらできてない。……あんなの、私はアイドルとは認めない」

相変わらずハナに対して当たりの強いフレアの言葉に、レインは初めてハナの『サンフラワー』を聴いた時のことを思い出していた。

あの日、レインも確かに似たようなことを思った。それまで戦ってきたアイドルと比べたら、拙く未熟な歌だと。

でも、それから何度もハナの歌を聴いて、一緒に歌うようにもなって。

ハナが両手いっぱいに持ってきた「楽しい」や「嬉しい」の花束の色を、少しずつ思い出せるようになってきて。

　真っ黒に濁ったレインの心にも、虹色のキラキラを届けてくれて。戦って誰かを壊すとしかできなかったアイドルに、それでも「雨が降ってもいいよ」って歌ってくれて。ようやく気づいたんだ。ハナこそが、誰よりも本物の『アイドル』なんだって。

「フレア。『鉱組(アラガネぐみ)』では、鉄の国のやり方を教え込むって言ってたけど……ごめん、それはさせない。ハナは、あなたたちの色には染まらないよ」

「………っ！」

　フレアは、舞台袖で見せたのと似た……怒りや悲しみが混ざったような表情をほんの一瞬だけ浮かべてから、吐き捨てるように言った。

「……だったら、永遠にあんたと同じ舞台には上がってこれないってだけよ」

◇

　お互いに黙り込んだまま、どれだけの時間が経(た)っただろう。

　レインを乗せた心動車(エモーターカー)が、ようやくその動きを止めた。

「着いたわ。降りなさい」

　フレアの言葉に促されるまま車を降りる。

「……っ、わ」

見渡すまでもなく視界の大部分を占めた、洋館のような大きな建造物。黒を基調としながらも『紅の太陽』の光で赤く照らされ、夕陽(ゆうひ)を背負う山のような存在感を放っていた。

レインが暮らしていた天地事務所(あまどころ)も、砂の国でも有数の大規模な施設だったが、この館はそれよりもさらに一回りか二回り大きく見える。

「『鐵組(クロガネぐみ)』の全てのアイドルと、その関係者全員がここで生活してる。……名前は必要ないから誰もつけていないけど、不便なら『館』とでも呼んで」

入口に向かって歩き出したフレアに、レインも館を見上げながらついていく。

「……お城、みたい……」

ハナが見たらそんなことを言いそうだ。

「そう。……私には鳥籠に見えるわ」

瞳に宿す炎のような色に似合わない、ひどく冷たい声でフレアは呟(つぶや)いた。

地鳴りのような重たい音を立て、入口の扉が開く。光を呑(の)み込(こ)もうと開け放たれた大口のような、暗く寒々しい空間。一歩踏み入れれば、そこから先は嘘(うそ)のような暗闇で……前を歩くフレアの靴音を頼りに進んでいく。

「……何でこんなに暗いの？」

「無駄な所に無駄なエネルギーを使わないためよ。もう少し奥に行けば普通に生活できるレベルには明るいから安心なさい」

「……生活……」

「そう、今日からあんたはここで他のアイドルたちと同じように生活するの。……せいぜい勝手な真似はしないで、誰にも迷惑をかけないことね」

「……フレアは私が勝手な真似すると思ってるの？」

「当たり前でしょ」

溜め息交じりの返答に、レインは少し不服そうにしつつも……この国で一体何が「普通」で何が「勝手な真似」なのかはわからなかったので、下手に食い下がるのもやめた。

やがて、暗闇の先にうっすらと次の扉が見えてくる。どうやらここまでは長い玄関だったらしい。

重そうな扉をフレアが押し開けると、そこは広い大部屋。エントランスホールとでも言うのだろうか、円形の部屋の四方八方にいくつもの階段や扉が構えられている。

「……広いね。迷いそう」

「必要な場所以外に行かなければいいだけよ」

そっけない態度ながら、フレアは一言一言レインの言葉に返してくれる。

たった一人、知らない場所に連れて来られたレインにとっては、そんなフレアの態度でも十分救いになっていた。

そうしてフレアに連れられるまま、いくつかの扉を通り、階段を上り、館内を進んでしばらくした頃。

「……着いたわ。ここがあんたの部屋」

「えっ。……ごめん、道覚えてない……」

ただでさえ広い館内に加え、代わり映えしないような廊下を何度もぐるぐる回っただけのような感覚。フレアについていくだけだと思っていたので、細かく記憶してもいない。

「っはぁぁぁ……別にいいわ。この部屋からレッスンルームと食堂の行き方だけ覚えれば、後は世話してくれる人がいる。……それはそうと、遅いわねあいつ……」

別にいいと言いつつ大きな溜め息をついてから、フレアは部屋の扉を開ける。

「……わ」

砂の国で生活していた寮の自室よりも一回り広い部屋。カーテンやベッド、クロスの掛けられたテーブルに、クローゼットなど一通り揃えられた家具や、壁紙に絨毯……そのどれもが薄紫色に統一されていた。

「家具の色が気に入らなかったら、後で紹介する人に言って。代わりを用意してもらえるはずだから」

「ううん、そんなことないけど……どうしてこんなに家具が揃ってるの？」

レインの移籍が決定したのは、つい昨日の出来事のはずなのに。

まるで、つい昨日まで誰か別の人が暮らしていたような、何もかもが揃った部屋……。

「……っ」

ぞわり、血の気が引く。

「まさか……」

「……ふうん。ちゃんと気づけるのね。偉い偉い」

心にもないことを呟（つぶや）いて、フレアは薄紫色のカーテンを開けた。

「じゃあ、『鐵組（クロガネぐみ）』に空きが出るっていうのがどういう意味かも、わかるわよね」

「……そ、れは……！」

窓の外、赤い空を背にこちらを振り向いたフレアの表情に、思わずたじろぐ。

ハナが入れられた『鉱組（アラガネぐみ）』は、研鑽（けんさん）を積みながら『鐵組』に空きが出るのを待つ……そうフレアは言っていた。

空きが出る。つまりは、『鐵組』のアイドルに欠員が出るということ。

誰か一人が、いなくなるということ。

「……ごめん……なさい」

何て無神経なことを口走ったのだろうと、レインは己の発言を悔いた。

ハナが『鐵組』に上がってくることを望むのは、他のアイドルを誰か一人、ここから追い出すと言っているのと変わらない。

「別に、謝るようなことじゃないわ。ここでは当然のルールってだけ」

「……私も、この部屋から誰かを……追い出したの……？」

「……誰かなんて名前じゃないけどね」

苛立ったように息をついてから、その名前を口にしようとしたフレアを遮って、

「ごっめーんお嬢、ちょっと遅れたっすー！」

場違いに間延びした陽気な女性の声が、部屋に飛び込んできた。

「シズ、遅い！」

行き場を失ったフレアの苛立ちが、そのままその女性にぶつけられる。

黒いスーツを着崩した上背のある女性……シズと呼ばれた彼女は、どこか薄気味の悪い笑みを貼り付けた顔でレインに歩み寄った。

「いやいや、だからこっちも色々忙しいんすよぉ。あーっと、貴方がレイン？　初めまして、シズっす。お嬢のマネージャーやってる者っす。なにとぞー」

「は、はい……」

飄々とふざけたような態度の軽い女性は、レインが『鉄の国』に対して抱いていた厳格なイメージとはかけ離れた人物だった。

「えー、改めましてぇ。今日からこのシズが、鉄の国所属となったレインのレッスンやら戦舞台（ウォーステージ）やら、諸々（もろもろ）のスケジュール管理を務めさせていただくっす」

砂の国でプロデューサーや早幸（さち）がしてくれていたような仕事だろうか。

「……んん？　何です？　自分の顔が何か？」

はっと気づき、じろじろと見つめてしまっていた視線を外す。

「い、いえ。……よろしくお願いします」

「かしこまんなくていいすよ。お嬢みたいに雑に扱ってくれていいっす」

黒く濁ったような瞳に、人を軽んじるような薄笑い。

こんな顔をする人をあまり簡単に信用すべきではないと、レインの本能が訴えていた。

「……あの、シズさん。スケジュール管理って言ってたけど……私がどのライブに出るのかも、あなたが決めるの？」

「んー、まあそっすね。本当はめんどいからお嬢みたいに自分で決めてもらってもいいんすけど……結局、最終的な決定権は総帥にあるんで。総帥が出ろって言った戦舞台には出てもらうし、ダメって言われたらダメになるっす」

「……総帥って？」

「え、お嬢。総帥のこと話してないんすか」

「何で私が。全部あんたの仕事でしょ。私は道中でくだらない雑談に付き合っただけよ」

そういう割には、『鐵組』と『鉱組』の話やら、何かと丁寧に教えてくれたように思う。

フレアに微笑みかけると、ふんっ、と大袈裟にそっぽを向かれた。

「えー、困ったすねぇ。そういうめんどい説明は全部、真面目ちゃんのお嬢が済ませてくれてると思ってたのに。てか、だからわざと遅れてきたのに」

「馬鹿言わないで。私はもう行くから、後は全部あんたに……」

早口でまくしたてながら部屋を出ようとしたフレアを引き留めるように、

……くぅ、と。レインのお腹が小さく鳴いた。

「……あ」

思わず立ち止まってしまったフレアに、シズが愉快そうに告げる。

「あれぇー、そう言えばそろそろお昼時っすよねぇ。お嬢、今から食堂行くならレインに使い方教えてあげたらどうすか？」

「はぁ!?　だから、何で私が……！」

「もしかして一人で行かせるつもりっすか？　まだ鉄の国に来たばっかりで右も左もわからないレインを？　なんて可哀想！　自分だったら心細くて泣いちゃいますよぉ。知らない仲じゃないんすから、お昼くらいご一緒したらいいじゃないすか」

「あんた、面倒だからって勝手なことばっか……！」

ヒートアップするフレアを止めようと、レインは二人のやり取りに口を挟んだ。

「わ、私は……一人より、フレアと一緒の方がいい、けど」

「…………っ」

心底うんざりしたような顔で、フレアは恨みがましく呟いた。

「……絶対、一回で全部覚えなさいよね……！」

◇

「人が、いっぱいいる……」

「……五歳くらいの子供みたいな感想ね」

フレアに案内された「食堂」。そこは見渡す限りの大広間にテーブルが並べられ、それらをぐるりと取り囲むように色々な料理を提供するスペースが配置されている広大な施設だった。『砂の国』の鉱区街でもここまで広い食堂施設など無かったし、数十人では利かないほどの人数がこのように一所に集まっているのも見たことはない。

気になったものを手当たり次第に見回すレインだったが、その十数倍の視線……それもあまり快いものではない、敵意や猜疑心に満ちた鋭い視線が自身に突き刺さっていることには、薄々ながら気づいていた。

食べたい料理を選び、提供口で受け取り、空いている席に着く。食べ終わった食器は決まった場所に返す。それだけが覚えるべきルール。『鐵組（クロガネぐみ）』のアイドルやこの館で仕事をする人であれば、金銭のやり取り無く自由に利用できるという。信じ難（がた）い話ではあったが、『鉄の国』の全てのアイドルがこの館に住んでいるというのなら可能なのかもしれない。

　アイドルは、アイドルであるというだけで『橋の国』から活動が支援され、加えて戦舞台（ウォーステージ）に勝利すれば賞金も得られる。生活拠点となる事務所や寮の運営資金も『橋の国』から支給されるため、この館に暮らすアイドルの分だけ潤沢な費用があるはずだ。

「……あんた、そんなに食べて大丈夫なの？」

　レインのテーブルに山と積まれた、ゆうに自分の三倍はありそうな量の昼食を見て、今日何度目かのフレアの溜（た）め息（いき）が零（こぼ）れる。

「大丈夫って、何が？」

　レインにしてみれば、どれを選んでも構わないと言われたから食べたいものを片っ端から選んで持ってきただけだ。鶏肉（とりにく）や根菜類がたっぷり入ったシチューに、砂の国では見たことのない野菜を使った彩り豊かなサラダ……他にもたくさん。どれも美味（おい）しそうだ。

「だから、そ、その……体重、とか……」

「フレアは体重、気にしてるの？」

「ぱ、パフォーマンスに影響するでしょ！」

「影響しそうな分は、頭の中で計算して微調整するから。それに、食べた分だけ運動すれ

ば平気。……むしろお腹空いたまま運動する方が悪影響だと思う」

いただきます、と手を合わせてから、まずはサラダから手をつけ始める。

「その食事量が『最強』の秘訣ってわけ？」

「……多分、違うと思う。少し前までは水とゼリーばかりだった。ずっと」

「……ふーん。そう」

「私、最近わかったんだけど。走ったり、ダンスしたり、運動したら……その分だけ、お腹が空くの」

「はぁ？　……そんなの当たり前じゃない」

「うん。そうだね、当たり前」

誰にとっても当たり前のこと。レインにとっては、ずっと忘れてしまっていたこと。

水とゼリーだけ口にして、それでも壊れないからと踊り続ける「お人形」より、よっぽど当たり前なアイドルの姿だ。

「レイン、さっきの話の続きだけど」

やっぱり教えてくれるらしい。フレアって本当、律義な子だ。

「あんたはここをお城って言ってたわね。だとしたらそのお城で一番偉い王様……それが総帥よ。この『鉄の国』の最高権力者で、逆らうことは許されない」

「……怖いね」

「何を他人事みたいに言ってんのよ……あんたを特例で『鐵組』に入れたのも総帥の決定よ。つまりあんたは、『砂の国』でそうだったように……最強の兵器としての働きを望まれてるの。生半可な勝ちじゃなく、踏み潰すくらいの圧倒的な勝利を」

はた、とレインの手が止まる。

「……私は」

「戦えないなんて言わせないわよ。……今まで散々やってきたことなんだから」

「……ステージに立つからには、私も全力でライブするよ」

フレアの言い分ももっともだった。レインが今まで他のアイドルを何人も負かしてきたのは覆らない過去。そしてレインがこの国でも「アイドル」であろうとする限り、戦舞台には立たなければならない。……たとえ『砂の国』の誰かを負かすことになっても。

けど、自分が戦うのは、戦舞台に立つアイドルとじゃない。

敵国のアイドルを踏み潰すために歌うんじゃない。

アイドルを道具みたいに利用しようとする人たちと……そんな世界と戦うって決めた。

「……フレアさん」

そんな時。先程まで遠巻きにレインたちの様子を観察していた少女たちの中から、気の強そうな少女が一人歩み出て来て、二人に近寄り話しかけた。

「……どうかした？　スピネル」

　スピネル、という名前のアイドルなのだろうか。レインが視線を向けると、憎しみのこもったような表情でぎろりと睨まれた。

「どうかした、はこっちのセリフですよ……！　フレアさん、一体どういうつもりなんですか。何でこんなやつと仲良くメシ食ってるんですか⁉」

　仲良く、という部分に不愉快そうに眉を吊り上げたフレアだったが、声を荒らげて詰め寄ってくるスピネルにも冷静に返答する。

「レインはもう『鉄の国』の……『鐵組』のメンバーよ。仲間と思えとまでは言わないけど、敵だったのも過去の話。これからは同じ国のアイドルとして一緒に戦うの」

「そんなの……急に言われたって、割り切れませんよ！」

「総帥の決定よ」

　その名前を出されただけで、スピネルの顔は真っ青になった。

「レインは強い。『鐵組』のアイドルの誰よりも。……そう総帥が判断した。それ以上、私たちが語るべきことは何も無いわ」

「……フレアさんはそれでいいんですか……？　あのレインですよ。『鉄の国』が、こいつ一人にどれだけ苦労させられてきたか……！　そもそも、一番嫌な目に遭わされてきたのは他でもないフレアさんじゃないですか！　憎くないんですか、こいつが！」

　突き刺すような刺々(とげとげ)しい言葉にレインは小さく息を呑(の)んだが、フレアは何とも思っていないかのように淡々と言葉を返す。

「私がずっとレインに勝てなかったのは、レインが強くて、私が弱かったからよ。……そのレインが味方になったからには、もう私に敵はいない。もう二度と、どこの国の誰にだって負けるつもりはない。スピネル、あなたは違うの？　この先あなたが誰かに負けてしまったとしたら……相手のアイドルのせいにして、そいつを憎むだけで終わるの？」

「……！　は、話になりませんっ……！」

　これ以上は平行線だと感じたのか、スピネルは対話を諦めて去って行った。

「……言い過ぎたかしら」

　頭を押さえ、深い溜め息(ためいき)をつくフレアに、レインは申し訳なさそうに切り出した。

「ごめん……フレア」

「は？　何が？」

「……その……今まで、何度も負かしたこと」

「っ、ケンカ売ってんの……!?」

「そうじゃなくて！　……私はフレアに嫌われてて当たり前なのに、案内とか、一緒に食事とか、色々させちゃって……」

　さっきのアイドルが言った通り、フレアが自分を憎んでいないわけがない。何度も何度も負かして、屈辱を与えてきた。

初めて戦舞台(ウォーステージ)に負けた時、レインは凄(すご)く……凄く悔しかった。

あんな想(おも)いを、何度もフレアにさせてきたのに。

フレアの気持ちも考えずに連れ回させて、悪いことをしてしまった。

「……レイン。いい機会だから教えておくわ」

そう言って真っすぐにレインを見つめたフレアの瞳は、相変わらず炎のようにギラギラと煌(きら)めいていて。

「誰が嫌いだとか、誰が憎いだとか。そんな感情、『鉄の国』のアイドルには不要なの。確かに私はあんたの事が嫌いだけど、だからってそれを日常生活や舞台の上にまで持ち込むほど幼稚でも未熟でもない。私たちアイドルは道具なの。戦のための兵器なの。兵器に感情なんて必要ない。ただ戦ってただ勝つ。それ以外余計なことは考えなくていい」

「……それは……寂しいよ」

「前のあんたはそうだったはずよ」

「うん。……だから、寂しいってわかるんだよ」

記憶も感情も全部捨てて、たった一人でステージに立ち続けてきたあの時間。

ハナと出会うまでの間、レインはずっと孤独で……寂しかった。

「私のこと嫌いでも、憎くてもいいから……フレアにはその気持ち、捨ててほしくない」

フレアにも、他の『鉄の国』のアイドルにも、かつての『レイン』のような心を捨てた「お人形」なんかになってほしくない。

「……レイン。ずっと聞きたかったんだけど。昨日のライブの後、どうしてあんなことを言ったのよ」

「あんなこと、って……」

ライブの後にフレアに言ったことといえば。

――ライブ、楽しかったよ。フレア……おめでとう。

「思ったままを言っただけだよ。昨日のライブは、本当に楽しかった」

「……っ、楽しいなんて、アイドルが思っていいわけないでしょ……！」

柔らかく微笑みかけたレインに対し、フレアは烈しい怒りを宿した声で叫んだ。

「あんたの中身、どこまでお花畑にされたのよ……！　アイドルは兵器で、ライブは戦争なの！　楽しいなんてどうかしてる……！　それともあんたは、戦舞台に立って相手のアイドルを負かすたび、……私を叩き潰すたび、楽しんでたとでも言うの……!?」

「ち、違う……私は、そんなつもりで言ったわけじゃ……」

レインがフレアに伝えたかった「楽しかった」は、そんな意味じゃない。

フレアにも楽しかったって、アイドルが好きだって、そう思ってもらいたくて。

「……この国でアイドルが『楽しい』なんて感情を持つことがどれほど愚かな事なのか、すぐにあんたにもわかる。……間違ってるのはあんたの方よ」

答えに詰まる。

フレアの言う通りなのだろうか。楽しかった、なんて言葉だけでは、アイドルを愛する気持ちは伝わらないのだろうか。

そんな上辺の言葉は、レインにとってだけの免罪符にしかならなくて……結局、戦舞台（ウォーステージ）が「戦争の舞台」であることは、アイドルの力では変えようがないのだろうか。

「けどね、レイン。私とあんたがいれば、この国はきっともう誰にも負けない。全部の国に勝って、こんな戦争なんか全部終わりにできるかもしれないの。……だから」

俯（うつむ）いたまま表情が見えないフレアの、その先の言葉を遮るように……金属製の鐘の音が建物全体に鳴り響いた。

「……午後の訓練（レッスン）の予鈴よ。さっさと残り全部食べて、十分以内に準備して」

それだけ言い残して、フレアは席を立った。

鐘の音に遮られたのは、「だからハナの事はさっさと忘れて」「余計な感情も全部捨てて」「最強の兵器として『鉄の国』のために戦え」……そんな類の言葉だったのだろうか。

「……できないよ」

何もかも、レインにはできないし、選べない。

フレアの目指す道も、正しいのかもしれない。戦争というものは、戦う相手が何処にもいなくなれば終わる。『鉄の国』が全部の国に勝って、全ての領土を手にして、世界が全て『鉄の国』のものになったら……確かにそれで戦いは終わるかもしれない。

けど、それじゃ戦が無くなっても舞台が残らない。

アイドルが歌うための場所がこの世から消えてしまうだけだ。

「……そんな世界じゃ……ハナの夢を叶えられない」

きっと他にやり方があるはず。不確かな可能性を思いながら、レインは残りの料理を口に運んでいった。

◇

その後、大急ぎで食事を終え自室に駆け戻ったレインは、シズに説明されるがまま『鉄の国』のアイドル衣装に着替え、レッスン場まで案内された。

いくつもの部屋の壁を取り壊して繋げたような一際大きな部屋の壁際に、横に広い舞台のような足場が組まれている。照明はほとんどなく、薄暗い空間もあいまってどことなく戦舞台（ウォーステージ）のよう。本番の環境に近づけるために作られたのだろうか。

　そのレッスン場に、十数人ではきかない人数のアイドルたちが集められていた。

「他のアイドルの邪魔にならなければ、どこに立ってても構わないっすよ～」

　あくび混じりの間延びした声で、実に退屈そうにシズが告げる。

「ここで何をするの？」

「今日は午後いっぱいここでダンス訓練（レッスン）っすねー。あ、難しく考えないでいいっすよ、レインはただ踊ってるだけでいいんで」

　少し引っ掛かる言い方ではあったが、課題曲のダンスを練習するのなら鏡が見える場所がいい。そう思ってあたりをきょろきょろと見渡してはみたものの。

「……鏡、どこにもない」

　そういえば、自室として案内されたあの薄紫色の部屋にも、鏡だけが無かった。

「ああ、言い忘れてたっすね。ここではあなたがた全員が鏡っす」

「それって……」

　よくよく見回せば、舞台を囲むようにまばらに立っているアイドルたちは、何人かで輪を作って並んでいるように見える。まるで、互いが互いの鏡になるかのように。

「『砂』でどうだったかは知りませんが、『鉄（うち）』ではアイドル同士が互いにアイドルを監視する決まりなんす。ま、要するに切磋琢磨（せっさたくま）ってやつっすね。だからレインも、なるべく近くで踊ってるアイドルの改善点を探しながら参加してほしいっす」

「……わかった。それと、舞台の上の子は？」

レインが指さす先、壁際の舞台の上には、ひどく緊張した面持ちのアイドルが一人だけ立っていた。

「ああ。あれは……今日の歌役っすね」

「歌、役……あの子が歌うの？」

「そっす。この場にいる全員で一斉に歌ったら、流石（さすが）に誰の声も聴き取れなくなっちゃいますからね。歌うのは舞台の上にいるアイドルだけ。で、歌えなくなったら交代。それをひたすら繰り返す。……あ、ボーカルレッスンはまた別の時間にあるんで」

シズはさらりと言ったが、それはつまり舞台に上がった者は喉が潰れるか呼吸すら覚束（おぼつか）なくなって歌えなくなるまで歌い続けなければならないということ。

加えて鏡が無い状況では、常に誰かが誰かの粗を探し続けることになる。始まる前からピリピリとしているアイドルたちの空気感からも、この環境の険悪さが見て取れた。

レインは、フレア以外の『鉄の国』のアイドルをほとんど知らない。そもそも他の国のアイドルのパフォーマンスを見る機会は戦舞台の上しかなく、レインはここ最近ずっとフレアとしか戦舞台に立っていない。ただそれでも、『鉄の国』のアイドルたちが平均して高い実力を持っているという事実は噂（うわさ）に聞いていた。

このハードなレッスンに耐え抜き、他のアイドルたちからも抜きん出た一部の強者だけが戦舞台に立つことになるのだとしたら、実力が高いのも納得がいく。

切磋琢磨の言葉通り、鉄と鉄をぶつけ合わせて鍛え上げ、より硬く強い方が生き残るような過酷な環境……それが『鐵組』。

これからは、彼女たちのことも知っていかなくちゃならない。

たとえ道具であることを望まれ、強さにしか価値を見出してもらえないような孤独な存在であったとしても。彼女たちが『アイドル』である以上、いつか一緒にステージで笑い合う仲間になれるはずなのだから。

『ダンス訓練、二十五番。始め』

遠くでも近くでもない場所から、直接降ってくるように聞こえた冷たい声。

（しまった……輪に入り損ねた）

そう思ったのも束の間、すぐさま課題曲二十五番……『Jumping to You』のイントロが流れ出した。

（不思議……これだけ広い部屋なのに、音が遅れない）

余計な反響も無く、直接耳の中まで響いてくるかのように曲が聴こえる。遠くの方で踊っているアイドルも、舞台の上で一人歌っているアイドルの声も、頭のすぐ上で鳴っているみたいにそのまま届く。それだけ綿密に計算された音響設備を使っているのだろう。

もはや全身の細胞ひとつひとつに刻み込まれたかのように、レインの身体が軽やかに動き出す。鏡が無くても、隣に誰もいなくても、絶対に間違えない。私のキラキラ……歌が、ダンスが、アイドルが大好きって気持ちと一緒に、大切に磨き続けてきたものだから。

近くで踊っている五、六人のアイドルの輪に視線を向ける。目が合った数人は、驚愕に目を見開いているように映った。もう何人かは、睨みつけるような視線を返してきた。

振り付けに合わせて身体の角度を変えながら、別の一団に目をやる。その中にはさっき食堂で声をかけてきたアイドル……確か、スピネル。彼女の姿もあった。その表情は焦りか不安か、やや青ざめているように見えた。

舞台の上のアイドルは、緊張やプレッシャーでうまく歌えていないように感じる。この曲はハナがつけてくれた名前の通り、高く高く飛び跳ねるような軽やかな気持ちを乗せて歌うような曲なのに、彼女はとても窮屈そうだった。ずっと何かを恐れるように。失敗したら、何か重い罰が与えられでもするかのように。

今度はそうした緊張に吞まれないで踊れているアイドルを探して、部屋全体を俯瞰するように視野を広げてみる。……すぐに見つかった。舞台のすぐ近く、レインからは大きく離れた場所で、フレアが踊っている。

（みんな、ちゃんと上手なはずなのに）

日頃から『鉄の国』で厳しいトレーニングを積んで、身体の基礎は出来上がっているのだろう。走りや遅れがあったり、動きが硬かったり、そもそも振り付けを間違えていたりといった、一目見てわかるような改善点はほぼ無いと言っていい。細かいポイントを指摘しようと思えばいくらでも見つかるが、それこそ粗探しにしかならないし、根本的な問題の解決にはならない。

彼女たちは本来の実力を十全に発揮できていない。ほぼ間違いなく、このレッスン方式から来る失敗への過度な不安や緊張、互いが互いを監視する険悪な雰囲気が原因だ。

全力を出し尽くした状態で見つかる綻びこそが、本物の「改善点」だ。ずっと何かに怯えながら歌い踊っていても上達できない。

こんなやり方で実力を高めるには、それこそかつての『レイン』のように、不安も恐怖も全部捨てて、ただ歌い踊るためだけの機械のようになるしかない。

(……ああ。じゃあ、そういうことなの……?)

ようやく思い至った、この過酷なレッスンの意味。

ここはダンスレッスンの会場なんかじゃない。

純粋な『兵器』を作り出すための工場なんだ。

「…………っ」

一曲踊り終えて、周りを見る。

乱暴に責め合う少女たちの声。「二番からの振りが全然ダメ」「ジャンプの後がなってない」と厳しく指摘し合う声に混じって、レインの名前を呟く声も微かに聞き取れた。

レインに目を向けるアイドルたちは皆、まるで身の丈を遥かに越える怪物を見上げるような……信じられないものを見るような目をしていた。

「……あの」

私、ちゃんとできてた？　それだけのことを尋ねるより先に、冷たい声が告げる。

『三十二番。始め』

「…………!?」

流れ始めたのは課題曲三十二番……『ハートフロートアイランド』。

（改善点を指摘させておいて、違う曲を演らせるの……!?）

非効率的過ぎる。四十曲近くある課題曲の中から無作為に選曲しているとしたら、次に二十五番を踊れるのは相当先だ。その頃には、たった数秒の間に指摘された改善点なんて忘れてしまう。

これはレッスンじゃない。ダンスを上達させるための時間とは到底思えない。過酷な訓練を課すことで、アイドルたちの心を壊し……「道具」に近づけさせるための工程。

このやり方は、かつての『レイン』も自主的に行っていた。

課題曲をランダムに選曲し、ひたすら歌い、踊り続ける。真っ暗なレッスンルームの、闇しか映さない鏡の前で、何百、何千、何万回。

レインの時は、プロデューサーが止めてくれた。

ハナと一緒に歌うようになってからは、お互いの長所を学び取ろうと意見交換を続けた。

けど、『鉄の国』には……壊れる前に止めてくれるような大人はいるの？

隣で笑ってくれる、一緒に歌ってくれる、そんな『アイドル』は一人でもいるの？


……私はずっとここで、たった一人で踊り続けられるの？


曲が終わる。疑問符の暗雲に覆われ始めた心のまま、鏡にも映らない自分の顔がどんな表情を浮かべているかもわからないまま、レインは曲の流れるままに踊っていた。

『……ぜぇっ、ぜぇっ、……っ、はぁっ……！』

スピーカーから、ひどく荒れた息遣いが聞こえる。

舞台の上のアイドルのものだ。たった二曲とは思えないような疲労。舞台の上で全員に見られながら歌う重圧が、必要以上の疲弊と憔悴(しょうすい)を彼女に与えていたのだろう。

『どうした、マグネット。もう休憩か？　それとも、『鉱組(アラガネぐみ)』から出直すか？』

レッスン開始を告げたのと同じ冷たい声が、彼女のアイドルネームを呼んだ。

『っ、ま、まだ、やれま……っ、けほっ！』

気丈に答えようとする彼女の声は震え、遠目に見ても辛(つら)そうなのがわかる。

……これからあと何人、ああして喉が潰れ声が嗄れるまで歌わされるのだろうか。

「……シズさん」

近くの壁に寄りかかって欠伸をしていたシズに、レインが声をかける。

「私、歌役やっていい？」

その言葉を聞いた何人かのアイドルが、一斉にざわつくのが聞こえた。

「……いいっすよぉ。彼女……マグネットもそろそろ限界みたいですし。ただ、歌役は基本的に一人目が当番制、二人目以降は早い者勝ちの立候補制っすから、やりたいなら急いで行った方がいいっすよ」

「……？　……わかった」

立候補、という言葉に疑問を覚えながらも、レインは舞台の方へ向き直り、道を作るように空いたアイドルたちの間を一目散に駆け抜けた。

私が歌えば、その間みんなは無理に歌わなくてよくなる。そんな考えも頭の片隅にはあった。ただ、それでも一番に考えたのは「ハナだったらどうするか」だった。

……ハナならきっと、歌いたいって言うはずだ。

だったら私も、その気持ちに正直でいたい。

「……っ、あの！　私、歌います！」

舞台へと続く階段を駆け上がりながら、レインは叫んだ。

それとほぼ同時に、もう一人のアイドルが反対側の階段から舞台に上がっていた。

「……レイン……？」

フレアだった。考え無しに現れたレインを訝しげに見た後、苦しそうに蹲るマグネットに歩み寄って背中をさすり、舞台の正面に置かれていた集音機材に向かって声を上げた。

「トレーナー。今日は私とレイン、二人で歌うわ。……実戦を想定した形式ってことなら、何も問題は無いわよね？」

『……許可する。機材の動作確認をするので少し待て』

頷いたフレアの隣、苦しそうなマグネットにレインは手を伸ばしながら歩み寄る。

「大丈……」

差し出されたその手を、マグネットは勢いよく振り払うように叩いた。

「……っ、触るなっ！」

「痛……っ。ご、ごめ……」

レインを見上げる彼女の昏い憎しみに染まった瞳を見て、レインはそれ以上何も言えなくなった。二人の間に入るように、フレアがゆっくりと腰を落とす。

「……無理しないで。立てる？　マグネット」

「っ、すみ、ま……せ、フレア、さ……ん」

震えた呼吸のまま立ち上がろうとするマグネットの肩を、フレアが抱いて支える。

「謝らなくていい。落ち着いて呼吸を整えて。……誰か、彼女をお願い」

呼ばれて舞台に上がってきた数人のアイドルにマグネットを預けてから、フレアは険しい顔でレインに向き直った。

「……やっと歌えて嬉しい？　あの子が潰れるの、楽しみに待ってたの？」

「っ、そんなんじゃない……！」

必死に否定しても、フレアには伝わらない。

……当然だ。レインはこれまで『鉄の国』に対してそれだけのことをしてきた。

失敗を恐れ、敗北に怯え、絶望の淵で懸命に歌うアイドルたちの心を、容易く踏み砕き、蹴落としてきた。星眩みになりかけて記憶も感情もほとんど失くしていたとはいえ、紛れもなくレイン自身がやってきたこと。

――お前の歌はアイドルを壊す。

呪いに似た言葉。付き纏って離れない過去の影。

（……それでも、歌わなくちゃ）

いずれにせよ、この国でレインが生き残るためには……歌い続けるしかない。

『歌役交替、フレア、並びにレイン。訓練再開。十七番、始め』

淡々と告げられた機械的な指示に続き、十七番が流れ出す。

隣にはフレアがいるはずなのに、レインはいつかの舞台のように、独りで。

ハナが一緒に歌ってくれた、鉱区街での思い出が脳裏を過(よぎ)る。

あの時みたいにハナが隣にいてくれたら、一緒に歌いましょうって言ってくれたのかな。

私も、うんって、一緒に歌おうって、笑顔で返せたのかな。

（ああ……十七番、は……何だったっけ……）

身体(からだ)も動く。歌声も響く。けど、十七番に込めたはずの祈りが見えない。

ハナが隣にいれば、こんな気持ちで歌うことなんて絶対に無いはずなのに。

（……ハナならこうする、とか。ハナがいれば、とか）

じゃあ、私は一体、何処にいるの？

ここには鏡が無い。目を合わせるアイドルたちは皆、憎悪か恐怖の表情を浮かべる。

舞台を照らす共心石(シンパシウム)は無く、隣でキラキラ輝く笑顔も無い。

ううん、たとえ隣にいてくれたとしても、その瞳を覗(のぞ)き込(こ)む勇気も無い。

今、自分がどんな顔で歌っているのかもわからない。

……ああ、そうか、私。

自分の色も、わからないんだ……。

◇

『それまで。本日のダンス訓練（レッスン）を終了する。各自解散』

あれから何時間歌い続けただろう。

結局、フレアもレインも、舞台を降りることはなかった。

舞台を囲む他のアイドルたちが、数時間通してのダンスに一人、また一人と疲れ果てて動けなくなっていく中で、フレアとレインだけがまるで疲れを知らないかのように歌い踊り続け、最後までレッスンをやり遂げた。

終わる頃には、アイドルたちは全員、レインの実力を認めざるを得なかった。かつての冷たい人形の面影が無くなっても、フレアに敗れたとしても……『最強』のアイドル・レインの怪物じみた体力もパフォーマンスの実力も、全く衰えていないのだと。

「お疲れ様、フレア」

額の僅かな汗を拭いながら、レインはフレアに声をかける。

「……っ。楽しかったとは言わないのね」

「……楽しかったよ」

フレアをまた怒らせるとわかっていても、言葉にしたかった。

「私、アイドルやれて楽しいよ。歌もダンスも、大好きだよ。フレアにも、『鉄の国』のみんなにも……そう思ってほしいよ……」

「……そんな顔して、自分に言い聞かせるように言っても、何の説得力も無いわ」

そんな顔って、どんな顔？　ねえ私、今どんな顔してるの。

不安をそのまま口に出すことができず俯いたレインに、フレアは淡々と告げた。

「夕食の後、次のボーカル訓練が始まる。あんたや私も含めた、シズがマネージャー担当するアイドルだけでやるから、詳しくは彼女に聞いて」

早口で言い残して、立ち去ろうとするフレアの背中に、レインはぽつりと呟く。

「……ありがとう、フレア」

「何が。私は必要事項を伝えただけ……」

「フレアが『鉄の国』にいてくれてよかった」

一瞬だけ立ち止まったフレアだったが、振り返ることはせず、その表情もレインには見せないまま、舞台から降りて颯爽と歩いて行った。

きっと今までずっと、こんな風にフレアが歌役を引き継いで、たった一人で重圧を背負い続けてきたんだろう。レインとの戦舞台にずっと一人で挑み続けたのと同じように。

フレアがいてくれなかったら、レインはもっと多くの『鉄の国』のアイドルを星眩みにしてしまったかもしれない。

態度は厳しくて、口も悪くて。アイドルは兵器で感情なんて不要だって言い続けているけれど、それでも『鉄の国』のアイドルを仲間として心から大切に想っている。

この地獄のような場所で、心折れずに強く、仲間に優しくいられる……そんな存在が一人でもいてくれることは、レインにとって小さくも確かな支えになっていた。

「…………あ」

ふと気がつくと、周りにはもう誰も残っていなかった。

暗くて冷たい舞台の上に、一人ぼっち。

「……弱虫だな、私」

隣にハナがいないことが、こんなにも怖くて、不安で、寂しいなんて。

「……ステージの上では、アイドルはいつだって……」

その先を口にしたら、自分自身を呪うような気がして、レインは口を噤んだ。

◇

「レインちゃんっ！　お久しぶりですっ」

ハナ！　やっと会えた。

「ずっと会いに来てくれないから、わたしのこと忘れちゃったのかなって思ってました」

そんなわけない。私はずっとハナに会いたかった。

「あっ、でも、『鉄の国』ではフレアさんと一緒に歌うことにしたんですね？」

え？　ち、違う。

「じゃあ、わたしはもう一緒にいなくてもいいですね」

そんなこと言わないで。私はハナと一緒に……。

「だって、一緒にいてもずっと……わたしと目も合わせてくれないじゃないですか」

◇

「…………っ！」

見開いた目に、慣れない天井が映る。

こめかみを伝う嫌な温度の雫(しずく)は、汗だろうか、涙だろうか。

「……夢……」

ベッドから上体を起こし、大きく息をつく。

『鉄の国』に来てからレインの中に降り積もった不安がそのまま形になったような、酷(ひど)く寝覚めの悪い夢だった。

時刻はおそらく夜明け前。しかしカーテンの隙間から差し込む光は、どことなく赤みがかっていた。

「……こんな時間でも、ずっと赤いんだ」

日夜、『鉄の国』の空を赤く照らし続ける『紅の太陽』。この国にきっと夜空は無く、いくら見上げてもひとつの星も見つけられないのだろう。

前にこの部屋を使っていたアイドルも、この空の色が嫌いで、淡い紫色の家具をそろえていたのだろうか。

「…………？」

コン、コン、と。窓を叩くような軽い音。

ベッドを出てカーテンを開けると、窓の外にはレインを呼びに来たかのように小鳥が一羽止まっていた。しばし見つめ合うと、小鳥はすぐそばの痩せた木に飛び移り、またこちらを見つめてちゅんっと鳴いた。

「……こっちだよって、言ってるの？」

尋ねても、小鳥は答えるはずもない。

しかしレインはじっとしていられず、急いで寝間着の上に『砂の国』から着てきたレッスンウェアを羽織り、ダンスシューズを履いて、窓を開けて飛び出した。

「……っ、と」

夢中で飛び出してから初めて、レインは自室が二階だったということに気づいた。下の階の庇を伝い、軽やかな足取りで駆け降りるかのようにふわりと着地する。

小鳥は、ついておいでとでも言わんばかりに一方向に向かってまっすぐ飛んで行く。

「……そっちに行けばいいんだね」

気を抜けばすぐにでも見失いそうな小さな翼を追いかけ、レインは迷わず駆け出した。

「……はぁぁ!?　ま、待ちなさいっ！」

そんなレインの背後から、驚愕と怒りが入り混じった叫び声。

振り返らずともわかった。フレアのものだ。

「ちょっと！　どこ行くつもりよッ……!?」

呼び止めるフレアに悪い気もしたが、レインは小鳥を見失いたくない一心で走っていた。

何故だかあの小鳥は、絶対に目を離してはいけないもののように思えた。

もしかしたらあの子は、『花園』に住んでいた小鳥かもしれない。

だとしたら、追いかければきっと……。

「待てって言ってんでしょ！」

すぐ後ろから、またフレアの声。文字通り鳥が飛ぶような速さで走っていたレインを、フレアが全速力で追いかけて来ていた。

「……フレア。おはよう」

「おはようじゃないわよふざけてんの!?　勝手な行動するなって昨日言ったでしょ!?」

フレアのこの取り乱しよう、レインが脱走でもすると思ったのだろうか。レインは全くそんなこと考えていない。ただ、理由も考えず小鳥を追いかけて走っているだけ。

「……えっと、その。朝の走り込みだよ」

事実、『砂の国』では日課にしていた。

「どこが走り込みよ、全力ダッシュしてんじゃない……！」

「そんなことないけど……足元が砂じゃないぶん、走りやすいし」

「……コッの……！　わ、私だって全力じゃないし……！　っていうか、違う！　止まりなさいよ！　勝手に部屋抜け出して、どういうつもり!?」

「ごめん、今ちょっと止まれない。……フレアこそ大丈夫？　無理についてこなくてもいいけど……」

「あんたが勝手にどっか行くから仕方なく追いかけてんのよ……！　っそれに、無理じゃない！　私でもこのくらい、余裕よっ……！」

レインの無尽蔵とも言うべきスタミナの秘訣がこの走り込みにあると思ってか、フレアはレインの行動を咎めつつも食らいつくようについて来ていた。

そのまま数分間走り続けた頃。まっすぐ中空を飛び続けていた小鳥が、ようやく速度と高度を落とすようにして降りていった。

「……ここは……？」

小鳥に導かれるままひたすら走り続け、辿り着いた場所。

乾いてひび割れた土から僅かな雑草が顔を覗かせる程度の荒れ地。錆びついた物置のような小屋が点在し、それ以外には見渡す限り何もない。

「……っ、何で……何も知らないくせに、まっすぐここまで来れるのよ……！」

息を整えながら少し遅れてついて来たフレアが、憤りに満ちた溜め息を漏らした。

ちゅんっ、とどこか弾んだ鳴き声。小鳥が降り立った先、いつの間にか地平線から顔を覗かせていた白い朝陽をステージライトにして……心の底から楽しそうな笑顔で。


「……ハナ？」

——少女がひとり、踊っていた。

「え？　……あっ、レインちゃんっ！　おはようございますっ！」

満面の笑みが咲く。

本物だ。悪夢の中で見た幻影じゃない、本物のハナが目の前にいる。

「…………」

再会の驚きに言葉を失っていたレインの目を覗き込むように、ハナが首を傾げた。

「レインちゃん？」

「……っ、あ。……う、うん。おはよう……ハナ」

思わず目を逸らしながら、ぎこちない挨拶を返してしまう。

……何、今の私。自分勝手すぎる。

昨日はあんなにハナに会いたい、一緒に歌いたいって思ってたはずなのに。

いざこうして会えたら、今度はまた目も合わせられないなんて。

「そ、の……ハナは、ずっとここにいたの？」

「はいっ。昨日から『アラガネ組』の仲間入りしました！　あそこがわたしの新しいおうちですっ」

「……え？」

物置だと思っていた小屋を指差してにっこり笑うハナに、レインは困惑した。

数歩近寄り、傷だらけの窓から中を覗き込むと……そこには、冷たそうな石の床に布団が敷かれ、数名の少女がすやすやと眠っているのが見えた。

「……っ、何、これ……これが、家？」

彼女たちも、フレアと同じ『鉄の国』のアイドルのはず。違うのは『鐵組（クロガネぐみ）』か『鉱組（アラガネぐみ）』か、それだけのはずだ。

なのに、ここまで扱いに差があるなんて。

「……わかったでしょ、レイン。これが『鉄の国』なの」

憤りを隠そうともしない声でフレアが言う。

「この子たちは……『鉱組』は、館の施設も使えないし、専用の個室なんてものもない。アイドルとして登録もされてないから、『橋の国』からの資金もない。こうやって『鐵組』との間に明確な生活格差を作ることで、この劣悪な環境を脱したい、上を目指したいって気概を養わせるため……だなんて、大人たちは本気で考えてるの」

「……同じアイドルじゃないの？」

「……ええ、道具よ。こんな環境で共同生活を続けて、たとえ心や身体を壊してしまったとしても、替えの利く道具。強い者だけが生き残って、『鐵組』に上がれるの。そして今度は、昨日あんたも受けた訓練で、兵器としての戦い方を徹底的に教え込むの。……そうまでして強いアイドルを生み出さないと……レイン、あんたのような化け物には勝てないんだって、この国の大人は本気でそう思っているから」

「…………っ」

じゃあこれは、彼女たちの扱いは、私が『最強』だったせい？

「……こんなやり方を続けていたら、先にこの国から子供がいなくなるだけ。みんな、そんなことにも気づかないふりをしてるのよ」

憎悪を滲ませて吐き捨てたフレアの鋭い視線の先は、レインではなく……遠く巨大な建造物の頂、燦然と輝く紅の光。

国中を照らす、光の姿をした闇。

「……どうにか、できないの……？」

「私たちがいくら叫んだところで、道具の言い分なんて誰も聞く耳持たないわ。……この子たちを少しでも可哀想だと思うのなら、あんたは『鐵組』のアイドルとして一つでも多くの勝ち星をあげなさい。この国であんたにできるのはそれだけ。ただ戦うことだけよ」

「……でも、それは」

昨日の問答と同じだ。戦って、勝って、全部終わらせるようなやり方じゃ……ハナの夢見る未来には、辿り着けない。

「フレアさんっ。わたし、みんなと一緒の新生活、楽しいですよっ」

「……黙りなさい」

『紅の太陽』に向けたのと同じ憎悪を乗せた言葉で、フレアは言い放った。

剣呑な雰囲気に、レインが何かかける言葉を考えていると……小屋の扉が、軋むような音を立てて開いた。

「むうぅ……なんなのですか、こんな朝早くから……？」

寝間着姿で現れたのは、ハナよりさらに小柄な少女だった。

寝癖だらけでくしゃくしゃの髪は、夕空か蝋燭の灯りを思わせるような柔らかなオレンジ色。眠そうに目を擦りながら小屋からぴょこりと出てきた少女は、ハナの姿を見つけた途端、目を見開いて怒り出した。

「あーっ、またお前！　昨日から勝手な真似するなって言ってますのにー！」

「おはようございますっ！」

「おはようじゃないです、まだ全然レッスンの時間じゃないです！　昨日もスケジュール無視して勝手な行動ばっかりで、もういい加減にするですよ！」

　何やら耳慣れない敬語の使い方をしている彼女がフレアと丸っきり同じような言葉を発したのを聞いて、レインは思わずくすりと笑ってしまった。

「……ほぇ……？　って、えぁっ⁉　ふ、ふ、フレア先輩……っ⁉」

レイン、フレアと順番に見やった少女は、慌てて背筋を正し綺麗（きれい）なお辞儀をした。

「お、おは、おはようございます先輩っ！」

「……ええ。おはよう」

　柔らかい声で朝の挨拶を返したフレアの顔には、先程までの形相が嘘（うそ）のように穏やかな微笑（ほほえ）みが浮かんでいた。

「あっ、すみませんっ！　あ、あたしっ、研修番号、せ、１１３６番ですっ！」

「…………っ」

　無邪気に頬（ほお）を紅潮させながら自身の番号を述べた少女に、フレアの表情が曇る。

『鉱組（アラガネぐみ）』は、アイドルとして登録されていない……と、さっきフレアは言っていた。だからアイドルネームがまだ無いのはわかる。

　でも、「天地愛夢（あまどころあめ）」や「日吉早幸（ひよしさち）」のような、人間としての名前はあるはずなのに。

……番号なんかで管理されて、本名を名乗ることすら許されない。そんなの、本当に道

具と同じ扱いだ。

「っあ、す、すみませんフレア先輩！　おみぐりゅ、お見苦しい所を見せてしまって！　この新入り……1178番は、あたしがきっちり躾けておきますのでっ！」

少女は慌てながら、にこにこ笑顔のままのハナの頭をぐいっと掴んで下げさせた。

「……ハナはそんな名前じゃない」

思わず口を出してしまった。『鉄の国』のルールには従う、そう約束したはずなのに。けど、ハナが番号なんかで呼ばれるのが……道具扱いされるのが、レインにはどうしても我慢できなかった。

ハナはアイドルだ。道具なんかじゃない……！

「……レイン。ややこしくなるから黙ってて」

フレアが冷静な声音で、釘を刺すようにレインを咎めた。

「……っ……。あ、あの。フレア先輩は、どうしてこちらに……？」

「……奇遇ね。私も、言うこと聞かない困った犬の躾け」

微かに口角を上げながら、大袈裟に呆れた様子でフレアは口にした。

「……犬？」

「わんちゃん、ですか？」

レインとハナが揃って首を傾げる。イヌという動物のことなら知っているが、フレアの近くにいた様子もない。

数秒の沈黙の後、ようやくフレアが口にしたのがレインへの皮肉だと気づく。

「……私、犬？」

「他に誰がいるのよ」

そんなやり取りをする二人の様子を見て、１１３６番と名乗った少女は怪訝な様子でおそるおそる尋ねた。

「あの……どうしてこいつ……レインが、『鉄の国』にいるですか……？」

「……私のことも知ってるの？」

「この国に住んでて、フレア先輩とお前の因縁を知らないアイドルなんていないです。……あ、あたしは、まだ研修生ですけど……」

こいつだとかお前だとか、丁寧な口調の割にフレア以外への扱いが乱暴な子だ。

「私、昨日からハナと一緒に『鉄の国』のアイドルになったんだ。よろしく」

「……お、お前なんかとよろしくするつもりはないです！　にっくきレイン、フレア先輩の宿敵！　……それに、１１７８番！　お前も『砂の国』の仲間だったですか！」

「えへへっ」

一連のやり取りを見ながら何故かずっとにこにこ笑顔でいるハナと、『鉱組』の少女がフレアに向ける熱視線。二つを見比べてレインはふと思い立つ。

「……そっか。フレアのこと、大好きなんだ……」

「〰〰〰っ!?」

少女は口をぱくぱくさせながら声にならない声を漏らし、耳まで真っ赤にしながら半ば自棄になって叫んだ。

「わ、わ、悪いですかっ!?　お前のことは大大大っ嫌いですっ！」

「……嫌われちゃった」

「どうして私を見ながら言うのよ」

大きな溜め息をついてから、フレアは改めて少女に向き直った。

「変な時間に起こしてしまってごめんなさい。……私たち、もう行くから」

「あ……っ。い、いえっ、全然大丈夫ですっ！　な、なんならこれから、ウォームアップに走り込みしてこようと思うです！」

「……そう。無理はしないでね」

心配そうに微笑みかけたフレアの心遣いに感激した少女は、再び大きく頭を下げて「ありがとうございますっ！」とお辞儀をした。

「……行くわよ」

一転、厳しい表情と口調でレインの勝手を咎め、腕を掴んで元来た方へ引っ張るフレア。

「あっ、レインちゃん！」

　ふいに呼び止められ、レインの心臓がどきりと跳ねる。

「な……なに、ハナ？」

　顔半分だけ振り返って、笑顔かもわからない表情を必死に作る。

「組は別々にされちゃいましたけど……ここで頑張ったら、『クロガネ組』にも上がれるらしいですっ！　わたし、いっぱい頑張ってレインちゃんに追いつくので……またすぐに、一緒に歌いましょうね！」

　喉の奥が、凍るような思いがした。

「……うん。待ってる。……頑張ってね」

　自分の喉から漏れたと信じたくないほど空虚な言葉が、石塊のように落ちて転がる。

　ハナのもとに届いたか確かめることすら恐ろしくて、広げた両手を振ってくれるハナの姿が見えなくなるまで、レインは背を向けたまま小さく手だけ振っていた。

「……嘘ばっかり」

　腕を引いて前を歩くフレアの、突き刺すような言葉。

「あんた、結局ずっと……あの子の目、まっすぐ見てなかったわね」

「……そっか。嫌だな」

　横にいたフレアにすらわかるのだから、ハナも当然気づいていただろう。

　気づいた上で、ハナは変わらない笑顔を向けてくれた。

そんな気遣いをハナに強いた自分の態度に、レインは強い自己嫌悪を覚えていた。

「……何度見ても信じられないわ。あれが人間じゃないなんて」

「……あれとか呼ばないで」

頑なにハナの名前を呼ぼうとしなかった椿を思い出してしまう。

「レイン。念を押しておくけど、あの子の正体は絶対誰にもバレないようにしなさい」

「……わかってる」

ハナが人間でないことは、鉄の国ではレインとフレアしか知らない。もし誰かに知られたら、悪用しようと考える者が現れるかもしれない。それに、ハナの正体を知ることはそのまま『星眩み』という病の存在を知ってしまう事にもつながる。

星眩みは、本来アイドルが知ってはならない病だ。ステージの上で共心石の光を浴びるアイドルが、恐怖と絶望に呑まれた時、心を失くす病に陥る……そんな真実を知りながら不安を乗り越えてステージに立ち続けるなんて、普通の精神力では到底できないから。

「……あの子がこんな朝早くから起きていたのだって、人間じゃないから……眠る必要がないからでしょう？　今のうちは大丈夫でも、『鉱組』で共同生活を送るうち誰かにバレてもおかしくない……全く、とんだ爆弾よ」

「……ハナのこと、そんな風に言わないで」

「事実を言ったままでしょ。何か不満？」

　あくまで「人間ではない存在」に対する悍（おぞ）ましさを口にするようなフレアの態度に、レインは絞り出すように言葉を返す。

「ハナは、世界中のみんなに愛されるアイドルになるの。……だからフレアにも、ハナのこと好きになってほしい」

「……無理よ」

「どうして？」

　それまでずっと背中越しに話していたフレアが、レインの方を振り返る。睨（にら）みつけるような険しい表情。紅（あか）い瞳が、憎しみをくべて燃え盛るように揺らめく。

「どうしてだと思う？　ハッキリ言ってあげましょうか。……本物の道具のくせに、ずっと人間のフリしてるのが頭に来るからよ。レイン、あんたと同じでね」

「…………っ」

　悲痛な顔で押し黙ってしまったレインに、フレアは追い討ちをかける。

「いい加減に諦めなさい、レイン。あの子に甘えるのはもうやめて。『鉄の国』のルールに従うと言った以上、あんたはこの先ずっと一人でステージに立つしかない。この国ではユニットなんて許されない。あの子と一緒に歌うなんて二度とできない」

　ずっと一人。そんな、絶望によく似た響きの言葉に、レインはギュッと唇を結んだ。

　フレアとの戦舞台（ウォーステージ）にこれまで連戦連勝だったレインが、ハナとユニットを組んだ途端に負けた。加えて、レインの実力に何の翳り（かげ）もないことは、昨日の訓練（レッスン）で他のアイドルたちも目にしている。

『鉄の国』からすれば、どう見ても「新米アイドルが最強アイドルのお荷物になった結果」だ。事実、フレアも自分がレインに勝利したとは未だ（いま）に認めていない。

その事実を受けて、『鉄の国』がユニット活動を許すはずがない。

レインも頭では理解していた。

だが、いざこうしてフレアの口から切り捨てられるように言葉にされると、言い知れない不安と寂しさが襲ってくる。

ハナが隣にいないまま、ステージに立つしかない。

……そして、そのことにほんの少しでも安堵してしまっている自分が、どうしようもなく嫌だった。

——これからも二人で仲良く歌うといい。その分コレは良薬に育つ。

ハナが「また一緒に歌いましょう」って言ってくれた時。レインの心には、「一緒に歌ったら、薬の完成を早めてしまう」という言い訳が巣食っていた。

椿（つばき）に植えつけられた呪いのような言葉を、ハナをまっすぐ見られない言い訳に使おうとしてしまっている自分が、大嫌いになりそうだった。

「……違うよ……」

自分自身に言い聞かせるように呟く。

今まで何度も何度も、ハナは一緒に歌おうって言ってくれた。

その想いに応えられるのは、レイン、あなただけなんだよ。

あなただって、ハナと一緒に歌いたいでしょ。

ハナと二人で、最高のアイドルになって。一緒に最高のライブをすれば、一花さんの星眩みも治るんでしょ。そうすれば、ハナを薬にさせないで済むんでしょ。

「……でも、どうすれば……」

「……っ、いつまでそうやってうじうじ思い詰めるつもり？」

俯いたまま答えの出ない自問を繰り返すレインに、業を煮やしたフレアが怒鳴る。

「死ぬ気で勝ち取ったあんたが使い物にならなかったら困るのよ……！　戦利品としての立場を理解して、道具の使命を全うしなさい」

「……けど、私一人でステージには……」

立てない、かもしれない。

それに、一人で歌っても意味がない。

ハナのライブを観てもらって、ハナのファンを増やすこと……それが、ハナを最高の、最愛のアイドルにするために必要なこと。

レインが一人でステージに立っても、それじゃ意味がない。

「……どの口が言ってるの？」

「……えっ」

「今まで散々私の仲間たちを壊しておいて。自分のパートナーだけは大切で、隣にいてくれなきゃ歌えない？　ふざけないで……！」

レインの腕を掴んでいたフレアの手に、恐ろしいほどの力が籠る。

「痛……っ」

「アイドルが楽しいだとか、大切なハナと一緒に歌いたいだとか……！　そんな感情、あんたにはもう必要ない！　一人でステージに立つのが怖いって言うなら、怖がる心ごと何もかも全部捨てて、またあの『災害』に戻ればいい！」

烈日のような激情にあてられて、心が黒く焦げていくのを感じた。

「……今更都合のいい言い訳なんて、絶対に許さない……！」

怒り。憎しみ。敵意。そんな簡単な言葉では言い表せないほどの灼熱を帯びた感情を、焼き印を押すようにレインにぶつけてから……フレアはレインの手を離し、一人館の方へと歩いていってしまった。

……フレアの言う通りなのかな。

私は、一人で、戦うしかなくて。

隣に誰もいない不安に耐えるためには。

また全部、『雨雲』に捨てていくしかないのかな。

「……嫌だ……」

だって私の心も、鼓動も、キラキラも……全部ハナがくれたものなのに。

見上げた先、朝陽（あさひ）と同じかそれ以上の光を放つ、真っ赤な共心石結晶（シンパシウム）。

雨を拒むかのように聳（そび）える、沈むことのない紅の太陽。

この国にいると……あの光を見ていると、毎分毎秒少しずつ、心が灼（や）かれ焦げついていくように錯覚する。

……いや、錯覚じゃないんだろう。だってあれは、共心石の光だ。

あの光を恐れることはそのまま、ハナの瞳を恐れることでもあって。

少しずつ、星眩（ほしくら）みに堕（お）ちていくことでもある。

「……負けたくない。星眩みなんかに……」

フレアやクローバーのように、強くならなくちゃ。

一人で弱音なんか吐いていないで、あの光に立ち向かえる勇気を身につけなくちゃ。

私が負けてしまったら、私がいなくなったら……今度はハナを独りにしてしまう。

そうだ。ハナは頑張って追いつくって言ってくれた。

だったら私がすべきことは……ハナを信じて、一人でも歌い続けること。

花が咲く時を信じて、降り注ぎ続けること。

たとえ、誰一人味方がいなかったとしても。

「……信じなきゃ……」

頬(ほお)を流れた冷たい雫(しずく)には気づかずに、呪文のように口にする。

レインの瞳は、微(かす)かに……だが着実に、曇り空の色に染まり始めていた。

◇

それから、レインの『鐵組(クロガネぐみ)』としての訓練(レッスン)の日々は続いた。

初日と同じように、フレアと同時に歌役に名乗り出て、闇雲に歌い、踊り続ける日々。

しかし、何日経(た)ってもフレア以外のアイドルがレインに話しかけてくることは無かった。

フレアだけはレインを対等な実力を持った相手として扱ってくれたが、他のアイドルたちにとってはレインはずっと「敵」のまま。むしろ怪物じみた完成度のパフォーマンスを疲れひとつ見せずこなす姿を恐れている者ばかり。中にはレインを『砂の国』から送り込まれたスパイだと疑うアイドルまでいた。

最初のうちは、同じ国で同じステージに立つ仲間として少しでも信頼してほしいという気持ちがレインにもあったが、その感情は日々赤く灼(や)かれ、少しずつ削り取られていった。

「ずっと敵だったあんたがすぐに信頼を勝ち取るなんて無理よ。それが嫌なら次の戦舞台(ウォーステージ)に勝って、『鉄の国』への忠誠でも示してみせることね」

フレアもそんな風に皮肉っぽく言っていた。

次の戦舞台がいつあるのか、レインは知らない。どのように告げられるのかも知らない。

一体いつ「ステージに立て」と命じられるのかわからないまま、その不安と恐怖に蓋をしながら過酷な訓練(レッスン)の日々を過ごし……何度目かの太陽が昇ったある日。

「レイン。次の戦舞台の日程が決まったっす」

唐突に、その日は訪れた。

「……いつ？」

「三日後っす。詳細はこちらに」

シズからスコアブックほどのサイズがある中型の情報端末(タブレット)を受け取ったレインは、平静を装いながら画面の内容に目を通す。

シンプルな画面構成に、一目でわかりやすく表示された無情な宣告。

出演順は一番手。

「…………っ」

対戦相手は『砂の国』だった。

第二章　不安は風に乗って

レインの戦舞台（ウォーステージ）の日程が決まる数日前、砂の国にて。

「……はい。わかりました。……今後ともどうぞよろしくお願い致します。それでは失礼致します」

あまり良くはない報せ（しらせ）を告げてきた通話を終えてから、早幸（さち）が深くついた溜め息（ためいき）が、少し離れた席のプロデューサーとシンクロした。

「そちらもダメでしたか、プロデューサー……」

「ああ。……どうやら事務所の移転や合同レッスンどころではなく、アイドル事業そのものから撤退しようとしている事務所が増えているようだ」

席を立ち、大きく体を伸ばしながらプロデューサーは言った。

今後の天地（あまどころ）事務所のため……そしてレインのために、彼は砂の国のあらゆるアイドル事務所に対し、戦績の奮わないアイドルの移籍……いわゆる引き抜きだったり、レインたちとの合同レッスンなどを持ち掛けていた。

砂の国のアイドルの実力を底上げしつつ、レインとハナに新たな「仲間」を作るため。

アイドルを戦争の道具にしようとする大人たちから一人でも多くの少女を救い出すため。

誰もアイドルを愛さない世界を、壊すため。

そんな信念のもと動いていたプロデューサーだったが、フレアに敗れ、レインが鉄の国に奪われたことでそれらの目論見はほとんど全て破綻した。

「砂の国を騙した私の言うことは何も信じられない、なんて言葉も頂戴した。……まあ、当然の考えだろうな。強引な手段を取ると、こうして後からしわ寄せが来るものだ」

苦笑しながら溜め息をこぼすプロデューサーだったが、レインとハナを『花の国』としてステージに立たせたことに対しては、何一つ後悔していなかった。

だが、他の事務所にとっては当然そうではない。天地大志という男の独断で行われたリスクの高すぎる賭けに負け、砂の国は最強のカードであるレインを失った。……いや、失っただけならまだいい。レインは鉄の国に奪われ、敵国のアイドルになったのだ。

これまでずっと砂の国を守り続けてきた常勝不敗の鉄壁、「恵みの雨」とまで呼ばれた最強アイドルのレイン。そして不屈の挑戦の末ついに彼女を破った新たな最強、フレア。二人が揃ってしまった鉄の国に対抗できるような実力を持ったアイドルは、もはや砂の国のどこにも残ってはいない。

レインに続く二番手と言われていたのはブルーローズ。繰り上がりで彼女が砂の国の次期エースとなるが、客観的に見てその実力はレインにもフレアにも今一歩及ばない。

何より砂の国を支え続けてきた無敗の旗頭であるレインを失ったことによる士気の低下

が大きく、今や砂の国全体に負け戦のムードが漂っていた。今のままの状況が続けば砂の国は鉄の国に敗北を重ね、何もかもを奪われ……やがて滅ぶだろう。そんな未来を危惧したいくつもの事務所が、アイドル事業から撤退し別の国へと亡命を始めていた。

「……しかし弱ったな。レインとハナに、帰る場所は用意しておくと息巻いた手前、そう簡単にこの事務所を手放すわけにはいかないんだが……」

現在、天地事務所の所属アイドルはゼロ。

この状態があと五日以上続いた場合、事務所の所有する全施設、全財産が『橋の国』によって差し押さえられ、立ち退きを余儀なくされる。寮や事務所はアイドルのための施設なのだから、所属アイドルが一人もいない事務所が利用し続けることはできない。

事務所や寮、レッスンルームなどの施設は砂の国の他事務所に引き渡されるか、引き取り手が現れない場合は速やかに解体される。つまり他の事務所は、残り五日の期限を待って天地事務所が自滅してから施設だけを引き継げばいいので、わざわざアイドルの移籍などに応じてやる必要はない。ましてや国を裏切って最強のアイドルを手放すような愚かな男の提案に乗るような人間など、もはや砂の国にはただの一人もいなかった。

「……プロデューサー……」

心配そうに呟く早幸が、事務所を維持するためにたったひとつだけ思いつく解決策。

悩んだ末、迷った末、口を開いた彼女を遮るように、プロデューサーは呟いた。

「実は、レインの時もこうだったんだ」

「……えっ」

力なく微笑み、プロデューサーは続ける。

「レインをアイドルにした時も、この事務所には他のアイドルが一人も残っていなかった。焦りに衝き動かされて、私は彼女を……レインを、壊れないお人形なんかにすることを選んでしまった。……同じ失敗は繰り返したくない」

「…………っ」

先手を打たれたような気持ちになって、早幸は歯噛みした。

そんなことを言われてしまったら……とても自分の「解決策」は言い出せない。

早幸は知っている。事務所にアイドルが少ないのも、かつての所属アイドルが長続きしなかったのも全部、星眩みに罹ってしまう前に彼がアイドルを辞めさせてきたから。

早幸自身もかつて言われた言葉。「アイドルが嫌だというなら、いつでも辞めて構わない」「戦えないなら、今すぐ舞台を降りてアイドルなど辞めてくれ」「不安も恐怖も絶望も、舞台上へは決して持ち込むな」……ひどい言い方。少女ひとりが受け止めるには辛く厳しい言葉。けれどそれも全部、星眩みからアイドルを守るため。

アイドル・クローバーとして敗北を続け、絶望の星灯りに呑みこまれる寸前。彼は「一人だと手が足りなくてな。良ければ事務員としてここで働いてくれないか」と言ってくれた。負け続けてアイドルでいられなくなったら何処にも帰る場所がなくて、アイドルを手放したら生きていけないと思っていた一人の少女を、プロデューサーは救ってくれた。

返しきれないその恩に、少しでも報いたいのに。

――同じ失敗は繰り返したくない。

そんなことを言われてしまったら、とても言い出せない。

もう一度私を、アイドルにしてくれませんか……だなんて。

クローバーは弱くて、誰にも勝てなくて。そんな子をアイドルにしてしまったことは、きっと失敗だったのだろうし。こんなタイミングで切り出したら、きっと気を遣ってるって思わせちゃうし。彼の仕事の負担だってきっと増やしてしまう。

だから、別の方法を。もっと上手くいく方法を考えなくちゃ。

「…………」

気まずい沈黙が流れたその時、不意に呼び出し音が鳴り響いた。

「えっ……？」

早幸の記憶違いでなければ、これは事務所の正面玄関への訪問者を告げるベル。

来客の予定は無かったはず……と思いながら早幸がプロデューサーに視線を向けると、彼の顔にも全く同じ疑問符が浮かんでいた。

「……わ、私が出ますね」

「い、いや待て。何者かもわからないんだ、私が行く」

「そんな、危ないですよ……！　私なら何かあったら走って逃げられますし！」

「何かあるなら尚更(なおさら)お前ひとりに行かせられるか！　……二人で行くぞ」

「は、はい……」

急(せ)かすようにもう一度鳴ったベルに緊張を高めながら、早幸(さち)とプロデューサーは事務所の玄関へと向かった。

事務所の正面玄関、ガラス扉の向こうに立っていたのは、見慣れない二人の少女。

……が、その風体が明らかに不審だった。

まず二人とも、サングラスとマスクで顔を隠している。

それだけでも既に怪しいのに、片一方の少女のマスクにはバツマークが描かれ、サングラスは星形。その背中には大荷物を詰め込んだようなリュック。落ち着きなくうろうろと歩き回るたび、金色に染めた髪がゆらゆら揺れる。

対してもう一方の少女は、背中に一本針金を通したかのように姿勢正しく直立し微動だにしない。背中まで伸びた長い黒髪も風になびいてすらいないので早幸は最初そういう置物なのかと思ったが、ガラスの向こうにこちらの姿を見つけるとまっすぐな背筋のままお辞儀をしたので人間だとわかった。

「あ、あのぅ……どちら様でしょうか……？」

ガラス越しに話しかけると、金髪の子がサングラスを外しニコッと笑って声を上げた。

「はっじめまーしてー！　あーしは……」

陽気な声で名乗ろうとしたところを、黒髪の子が手で制する。「あ」と何かに思い至ったような声を出した後、金髪の子は黙り込んだ。

「突然のご訪問お許しください。申し訳ございませんが、とある理由で素性を明かすことはできませんの。家の者には黙って出てきたものですから、わたくし共がここを訪れたこともどうかご内密にしていただきたく存じますわ」

礼儀正しい口調に丁寧な物腰。素性を明かせないと言いつつ、只者(ただもの)ではない雰囲気が既に漏れていたが、それでも不審者は不審者。警戒は解かないまま、ひとまず二人がこれ以上砂風にさらされることのないよう扉を開けて中へと招き入れる。

「……それで、うちに一体何の用だ」

端的に問うプロデューサーに、黒髪の少女は指で毛先をいじりながらもじもじと答えた。

「その……わ、わたくし、レイン様に一目お会いしたくて参りましたの……」

「……レインに？」

「ちな、あーしはハナてゃに会いにぃ」

また喋(しゃべ)り出そうとした金髪の子のマスクに黒髪の子が指を当てる。「む」と小さく唸(うな)った後、その指に自分の人差し指を重ねて自主的にバツマークを作ってからまた黙り込む。多分、放っておくと喋っちゃいけないことまで喋ってしまうような子なんだろう。

「理由を聞いても構わないか？」

少女の口からハナの名前が出た途端、プロデューサーの態度が少しだけ柔らかくなった。

「……お伝えしたい事が、たくさんありますの。……いいえ、ただ一言だけでも構いません。感謝をお伝えしたいのです」

「感謝……？」

早幸(さち)のオウム返しの問いかけに、黒髪の少女はこくりと頷(うなず)いた。

「先日の舞台を拝見したのです。レイン様とハナ様……お二人で歌われた歌を。魂を揺さぶられるようなダンスを。それはそれは素晴らしい舞台を」

「…………！」

彼女の言葉に、早幸は胸の奥から迸(ほとばし)るような熱を感じた。

ちゃんと見てもらえていたんだ。どこの誰かもわからないような相手だけど、そんな「誰か」の元にちゃんと届いていたんだ、二人の歌が。

結果としては敗北に終わってしまった戦舞台(ウォーステージ)……それでも素晴らしかったって言っても

らえるようなライブができていたんだ。

「実はわたくし、レイン様のことは前々から存じておりましたの。あの方の強さを……『砂の国』を守るレイン様の圧倒的な強さを、そのお背中を目指して参りました。国を守るには、彼女のように何もかもを捨ててでも強く在るべきだと、そう信じておりました」

大仰に語る彼女は一体何者なのか……そんな疑問が吹き飛ぶような勢いで、少女は声のトーンを一段階上げて興奮気味に早口で語り出した。

「ですが、それは間違いだったと気づきました！　あの日、レイン様は慈雨のごとく優しく温かくお美しい笑顔をお見せになって……強さと可憐さとは同居し得るのだと、レイン様は何も捨ててなどいなかったと、あの時わたくしは心から理解したのです……！」

サングラスとマスク越しにも伝わる黒髪の少女の熱にあてられたように、金髪の少女も興奮した様子で語り始める。

「あーしもさ、アイドルってみんなお金に困った家の子が嫌々やらされるもんだってずっと思ってたわけ。だって誰も楽しそうにしてるとこ見たことなかったし。でも、ハナてゃは違った！　これが本物のお姫様なんだって思うような、キラッキラの笑顔！　それまでずーっと灰色に見えてたものが、いきなり全部カラフルになったってゆーか……！　とにかく世界が変わったの！　それってスゴくない!?」

「えっ、は、はい……!?」

早幸（さち）にぐいぐい詰め寄る金髪の少女の前に、プロデューサーがそっと遠慮がちに手を出して割って入る。彼の表情は、早幸からは何だか申し訳なさそうに見えた。彼女の発言が早幸を傷つけたかもしれないと気にしているんだろう。何せ早幸自身が「お金に困って嫌々アイドルをやっていた」張本人だったから。

顔も名前も隠しているが、彼女たちはきっと砂の国の中でも裕福な家庭に生まれた子たちなのだろう。道具としての『アイドル』とは無縁の生活を送ってきたような価値観が言葉の端々に浮かんでいた。早幸とはきっと、住む世界が違う人間。

……そんな世界の人たちにも、二人の歌は、笑顔は届いたんだ。

「よくわかった。つまり二人は、レインとハナのファンということでいいんだな」

「ファン……？」

聞き慣れない単語に目を見合わせた二人に、早幸が自分なりの言葉で説明する。

「アイドルの笑顔を受け取って、好きを返してくれる人。アイドルを愛して、応援してくれる人のことです」

それを聞いた金髪の少女のバツマークのマスクの奥から、声にならない歓喜が漏れる。

「〰〰〰っ！　やっぱりあるんじゃん、そういう言葉！　誰も言わないし、あーしらも聞いたことないから、てっきりそんな概念自体無いんだって思ってた！」

誰もアイドルを愛さない、それが当たり前の世界。

プロデューサーが「ファン」という単語を知っていたのも一花からの受け売り。その一花も、かつてアイドルが人々に愛と希望を与えていた時代の記録から知ったのだろう。

「ファン……何だか素敵な響きですわ」

初めて知った言葉を大切に受け止めて胸にしまった黒髪の少女は、改めてプロデューサーと早幸の二人に向き直った。

「わたくしは、レイン様からたくさんのものを受け取りました。愛くるしい笑顔。心を潤す歌声。戦いの果てに夢を見る覚悟も。……そして、これまでずっとわたくしたちの……『砂の国』のために戦い続けてくださっていたことも含めて。一人のファンとして、ただ一言でも構いません……感謝をお伝えしたくて参ったのです。どうか」

そして玄関の床に正座し、三つ指をついて深々と頭を下げた。

「レイン様に一言、ご挨拶させては頂けませんでしょうか」

「ちょ、ちょっと……!? 服が汚れちゃいます！」

慌てる早幸にも構わず、黒髪の少女はぴしりと固まったように動かない。少しの沈黙の後、プロデューサーが申し訳なさそうに口を開いた。

「すまない、先に言っておくべきだった。……レインとハナは今、ここにはいない」

「あ……っ、そうでしたのね。大変失礼致しました。わたくしとしたことが、そちらのご予定を伺っておりませんでしたわ。いつ頃お戻りに……」

「そうじゃない。二人はもう、『砂の国』にはいないんだ」

「…………え？」

驚愕(きょうがく)に固まった二人の少女に、プロデューサーは「舞台裏」の事情を説明した。

レインとハナを『Rain(レイン)×Carnation(カーネーション)』としてユニット出演させるために、『花の国』としてのエントリーに変更したこと。その手段の代償として、レインとハナを賭け代にしたこと。そして戦舞台(ウォーステージ)に敗北し、レインとハナは『鉄の国』の所有アイドルとなったこと。

「……は？　何ソレ……」

全てを聞かされた金髪の少女の目には、ショック以上に確かな怒りが浮かんでいた。

「じゃあ、事務所のアイドル売ったたってこと？　ありえなくない？」

「……！　ちょっと、失礼ですわ！　口を慎んで！」

「……いや、事実だ。負けたら二人が連れ去られるとわかっていながら、舞台に送り出したのだから。更に言うなら、こちらは見返りを得ていないから売ってすらいない」

自虐的な言葉を並べ立てるプロデューサーに、金髪の少女は冷たい目を向けた。

彼女からすれば、ライブ前の数日間でレインの身に起こった事態など知る由もない。

星眩(ほしくら)みに罹(かか)りかけていたレインはハナとの出会いで救われ、彼女と歌声を重ねることで心を取り戻し、ハナの夢見る「みんなが笑顔でステージに立てる世界」のために二人で歌うと誓った。だから二人でユニットを組むことにした。

しかし、ユニットは「勝てない」と昔から言われてきた。最強アイドルのレインがぽっと出の新米アイドルと組んで勝ち星を逃すなど『砂の国』はきっと許さない。だからプロデューサーはレインとハナが二人で歌えるように、『花の国』という抜け道を使った。

そんな経緯を知らない人からすれば、彼のしたことは残酷に映るはず。

「何でそんなことやろうと思ったわけ……？」

少女の当然の問いに、プロデューサーはほんの少し微笑(ほほえ)んで答えた。

「……あの二人なら、誰にも負けるはずがないと信じていたから、かな」

「っ……」

二人の少女が言葉に詰まる。実際、レインとハナの見せたステージに心奪われた二人にとってはこの上ない説得力ではあった。

「フレアの本気は、正直想定外だった。今までの迷いや焦りを全て振り切ったかのような過去最高のパフォーマンス……私でさえ圧倒された。とはいえ、私はレインとハナがそれに劣っていたとは今でも思ってないが」

「……でも、負けちゃったら結局何も残んないじゃん……」

「そうかな。君たち二人がこうしてレインとハナに感謝を伝えに来てくれたというだけでも……得られたもの、残ったものは確かにあったはずだと思う」

「……うー……！　そうかもだけど……」

プロデューサーは、レインとハナがどこにいても『アイドル』でいられることを信じている。いつか理不尽な世界を壊し、戦場ではなくなったステージの上に戻ってきてくれることを信じている。だから、「失った」なんて最初から思っていない。

（……凄（すご）いなぁ。私、まだそんな風に割り切れない）

早幸（さち）が「もう一度アイドルに戻りたい」と言い出せない理由はもうひとつあった。

それは『鉄の国』のアイドルとなってしまったレインやハナと、舞台の上で敵対するかもしれないということ。

レインと自分とでは実力が違い過ぎるから直接対決にはならないだろうけど、それでもあのレインが自国側、味方側にいてくれないというのは……とても心細い。

（……ああ。よくない。敵とか味方とか、そういうのじゃないのに……）

クローバーにとっては、戦舞台（ウォーステージ）はまだ恐ろしい「戦場」のままだ。

身の程を弁（わきま）えないと。自分には、裏方としてアイドルを支えるくらいがちょうどいい。

「……天地様（あまどころ）」

長い沈黙の後、黒髪の少女がゆっくりと口を開いた。

「何か、わたくしたちにできることはございませんか」

真剣な表情に、金髪の少女もうんうんと頷（うなず）く。

「そーだよ！　『鉄の国』のアイドルになっちゃっても、あーしらが二人を好きな気持ちは変わんないわけだし。それにもしかしたらライブ会場でなら会えるかもだし、手紙とか書いてアイドルの誰かから渡してもらうとかもできるかもじゃん？　……ホントは、直接会って話したいけど」

「……そうだな。私としても、二人の感謝の気持ちは是非レインとハナに直接伝えてやってほしい。きっと二人とも喜んでくれると思う。……だが……」

会場に出入りできるのは、戦舞台に参加するアイドルとその関係者、あるいは国家の要人といった、ごく限られた一部の人物だけ。

加えてそれらの関係者も、基本的に敵国のアイドルとの接触はタブー視される。楽屋や観覧室も国ごとに分けられ、舞台袖以外の場所ではアイドル同士であっても会話は困難な仕組みとなっている。内偵行為やアイドルへの危害といった工作を未然に防ぎ、戦争ではなくあくまで「アイドルのライブ」をフェアに遂行するための建前だ。

それゆえ、直接の接触は困難……そう考えていたプロデューサーだったが。

「……いや。あの場所ならあるいは……」

何かを思いついたように俯いていた顔を上げる。

「何なに！　なんか良さげなアイデアある感じ？」

じっと見上げてくる二人の瞳を交互に見て、何かを決意したプロデューサーは告げた。

「君たち二人とも。……それに早幸。ひとつ、協力してほしい作戦がある」

◇

それから数日後の『鉄の国』。ライブを前日に控えた『鐵組(クロガネぐみ)』の館では。

「いつものドカ食い、やめたんだ？」

ダンス訓練(レッスン)を後に控えた昼休憩の時間。食堂で一人、ささやかな昼食を口に運んでいたレインに、一人のアイドルが挑発的に話しかけてきた。

「……えっと……スピネル」

レインが『鉄の国』にきた初日、フレアといた所に敵意剥(む)き出(だ)しで話しかけてきたアイドル、スピネルだった。

「気安く呼ばないで。私はまだ、お前のこと認めてない」

軽蔑するような視線。憎悪を隠さない声。ここ数日の間、何処(どこ)にいてもレインに突き刺さり続けてきたそれらは、少しずつだが確実に彼女の心を蝕(むしば)んでいた。四六時中敵意に晒(さら)されていると、レインにそのつもりが無くとも周囲が全員敵に見えてきてしまう。

明日になったら、レインは『砂の国』のアイドルの誰かと戦わなくてはならない。

けれど、『鉄の国』のアイドルたちは誰一人、レインを味方だとは思ってくれない。

そんな孤独な状況で、レインは押し潰されそうになりながらも何とかレッスンを続けていた。ハナと一緒に立つことはできないステージで、一体何のために踊るのかもわからないままで。自分がどんな顔で歌っているのかもわからないままで。

「そんな食欲なくすほど、戦舞台（ウォーステージ）が嫌なわけ？」

「……違うよ」

　レインの食事量は初日に比べて大幅に減っているが、食欲を失（な）くしているわけではない。『鉱組（アラガネぐみ）』の子たちの境遇を思うと、山ほど食べる気になれなかっただけ。誰のためにもならない一番中途半端な行動だとわかってはいたが、無意識にそうしてしまっていた。

「そんなに嫌なら、わざと負ければ？」

「……えっ？」

　聞き間違いかと思い、レインは顔を上げて聞き直す。

「だって、どうせお前『砂の国』のスパイなんでしょ。わざと負けるために送り込まれてきたんでしょ」

「誰が、そんな……」

「みんな言ってる。あのレインが、あの悪魔が、あの災害が。雑魚とユニット組んでわざと負けるなんておかしいって。うちの内部事情を偵察したり、アイドルたちに良くない情報を吹き込んで……わざと負けたら、すぐ『砂の国』に逃げ帰る気だって」

　レインの知らない所で、何やら壮大な話が作られているようだった。

「……私はそんなことしないよ。フレアにだって、わざと負けたんじゃない。あの日のフレアは本当に強かったから勝てなかった。そう思ってる」

「っ……そんなことわかってる！」

わざと負けようなんて考えはフレアや鉄の国のアイドルたちを裏切る行為だし、そもそもレインの中には歌やダンスを手加減するなどという概念自体が存在しない。

「けど、悪魔とか、災害とか。すごいね」

そんな風に見えていたんだ、鉄の国からは。

私はただの、一人で歌えない弱虫なのに。

レインの言葉のどこかが気に入らなかったのか、スピネルはバンッと乱暴にテーブルを叩いて言い捨てた。

「お前なんてさっさと負ければいい。……お前がこれまでフレアさんを蹴落とし続けてきた場所がどんな地獄なのか、お前自身が確かめればいいんだ」

「…………っ」

凄絶な剣幕に怯んだレインに背を向け、スピネルはその場を去って行った。

彼女に言われるまで、レインは気にしてもいなかった。

この国で負けたアイドルは一体どうなるのか。

例えばレインに与えられたあの自室には、必要な家具がほとんど揃っていて……まるでつい前日まで誰かが暮らしていたような形跡があった。

あの部屋に元々住んでいたのは、私が『鐵組』から追い出したのは……。

「そのポテト、食べないならもらうっすよ」

視界の外から伸ばされた手が、レインのトレイに残っていたベイクドポテトをひとかけら取り上げた。俯いていた顔を上げると、相変わらず感情の読み取れない薄笑いを浮かべたマネージャーのシズが隣の席に座っていた。

「どうしたんすかぁ、深刻そうな顔して。明日のライブで何か気になることでも？」

核心を突かれた気がして押し黙ったレインに、シズはあくまでへらへらと笑みを崩さないまま告げる。

「何も心配いらないっすよぉ。レインのお相手、『砂の国』の一番手は聞いたこともないアイドルっす。わざと手を抜いたりでもしない限り、レインが苦戦するわけがない」

「……っ」

一瞬どきりと固まったレインの顔を覗き込むように、シズはぐいっと距離を詰めた。

「……さっきスピネルと何か話してたみたいっすけど、レインは何も気にしなくて大丈夫っすからね。余計なことは考えず、いつも通り全力で演ってくれるだけでいいんで」

目の前の黒く濁ったような瞳に、レインの顔は映らない。

「……あの、シズさん」

「んー？　何すか？　まだ気になることでも？」

「……『鉄の国』のアイドルって、負けたらどうなるの……？」

意を決し、呼吸を整えてからした質問を、シズは鼻で笑うように軽く受け流した。

「それこそレインは一生知る必要のないことっすね。だって、負けないでしょ？」

この世の理を語るかのように平坦な声音。レインがそれ以上何も答えられず沈黙している間に、午後の訓練を告げる予鈴が鳴り響く。

「ほんじゃ、午後の訓練も張り切っていきましょー」

気の抜けたような口調で告げて去っていったシズの背中を、レインはただ見つめることしかできなかった。

真っ暗闇の中に、レインは立っていた。
見覚えのある闇は、かつての自室の鏡の向こうか、深夜のレッスンルームか、一人きりで立っていた舞台の上か。……それとも、自分で作った雨雲の中か。
見渡す限りの闇の彼方で、突如、洪水のような光が瞬き出す。
光の色は、赤と白。

──白、赤、白、赤、白、赤。

光を数える誰かの声が、ノイズにかき消されるように遠く滲む。

──赤。


声はそこで止まる。

やがて世界が赤く染まる。

目の前も、足元も、背後も。空も大地も、逃げ場など何処にもないと。

レインを包んでいた闇が、真っ赤な世界に変わっていく。

「負けちゃいましたね、レインちゃん」

すぐ隣から声がする。

思わず逸らした視線の先、鏡が割れるように空間にヒビが入る。

ヒビの向こうの暗闇から、真っ赤な二つの瞳が覗いていた。

「……ねえ、レインちゃん。どうして目を合わせてくれないんですか？」

「………どうして」

誰もいない部屋で目を覚ましたレインが、掠れ声で呟いた。

「どうして、あの時間を……悪夢みたいに感じなくちゃいけないの……」

レインと、ハナと、フレア。三人で立ったあの舞台。

あのライブは、本当に楽しかったのに。宝物になった大切な時間だったのに。

窓に目をやれば、『紅の太陽』が発する赤い光が朝陽よりも鮮明に差し込んでいる。

レインの大切にしたかったものを、蝕んで、削り取って、焼き焦がしてしまう赤い光。

「おーい、レイン？　起きてるっすか？」

部屋の外から、シズが呼ぶ声。

とうとう最後の夜が明けた。今日は、戦舞台の日。

この日が来てほしくないなんて思いながらライブ当日の朝を迎えたのは初めてだった。

「朝食済ませたらすぐに出発っす。ちょっと早いけど、そろそろ準備しとくっすよ」

「……わかった」

額の汗を拭い、ベッドから降りる。眩むような感覚と覚束ない足取りのまま、レインはベッド脇に綺麗に畳まれた『鉄の国』の舞台衣装に目をやった。

今日、レインは今までと違う衣装を纏い、『鉄の国』のアイドルとして、赤い光を勝ち取るために舞台に立つ。

隣にハナがいない舞台に……たった一人で。

ざわり、と背筋が凍る。

「……っ、はぁっ、はぁっ……大丈夫……」

呼吸を整え、自分に言い聞かせるように呟く。

窓を叩く小鳥はあの日から現れていない。

あの日以来、結局ハナとは一度も会えていない。

毎日、毎日、また会いたいと思いながら、ハナの歌声を聴きたいと思いながら、レインは訓練の合間を縫ってハナに会いに行こうとはしなかった。

二人を遠ざけているのは、フレアでも『鉄の国』でもない。

レイン自身の弱さだ。

今の弱い自分じゃ、ハナの隣には立てない。彼女の瞳をまっすぐに見つめ返せない。一緒に笑顔で歌うこともできない。彼女の笑顔を曇らせて、傷つけてしまうだけの弱虫だ。

だから、強くならなくちゃ。

あの光に立ち向かう勇気を身につけなくちゃ。

次こそは笑って向き合えるように。

「……私は、一人でも、大丈夫……」

ハナと一緒にステージに立つために、一人でもステージに立てる強さを。そんな矛盾に気づかないまま、レインは呪文のように呟（つぶや）き続ける。

この日の空は、どこまでも赤く、どこまでも曇っていた。

「あっ、見つけた……！　こらっ、１１７８番っ！」

曇天の下、いつものように自主練に勤（いそ）しんでいたハナを見つけた研修番号１１３６番が、もはや口に馴染（なじ）んでしまった番号を怒り気味に叫んだ。

「あっ、おはようございます！　えっと……せんひゃく…………室長ちゃん！」

「１１３６番！　さんざん面倒（めんどう）かけてるんだから、いい加減覚えるです……！」

彼女はハナの所属する『鉱組（アラガネぐみ）』一四号室のリーダーを務めている。そのため、いつも勝手に自主練したり睡眠時間を守らないハナのような問題児の面倒を見るのも、彼女に押し付けられた役割だ。

「で、今日の予定も聞いてなかったですか？」

「ううん、覚えてますよっ。みんなでライブを観（み）るんですよね！」

今日は特別スケジュール。歌やダンス、基礎体力の訓練は無く、『鐵組（クロガネぐみ）』の先輩アイドルたちが出演するライブを見学することになっている。

遠くの会場で行われるライブの様子が中継され、研修生たちはレベルの高いパフォーマンスを見て学んだり、敵国の強敵アイドルを研究したり、『鐵組』の選抜アイドルへの憧れや執着心を育てたり。得られる物が多いため、この日だけは訓練より優先してライブを見学することが義務付けられている。

「わかってるならさっさとついてくるです。お前のせいでフレア先輩のステージが観られなかったら、ただじゃおかないです！」

「ふふっ。室長ちゃんは本当にフレアさんが大好きなんですね」

にこにこ笑顔のハナの言葉を恥ずかしそうに無視して、１１３６番はハナの手を引っ張って歩いた。

「まあ、先輩の出番は最後の最後だからまだ間に合いますけど……」

ぶつぶつと呟く彼女のもう一方の手には、アイドルたちの名前が出演順にずらりと並んだ演目表を映した端末。手を引かれて歩きながら、ハナはそっと画面を覗き込んだ。

「……わぁ……！」

その一番最初に書かれた名前を見て、ハナの瞳はキラキラと鮮やかに煌めいた。

◇

「……ちょっと、レイン？　酷い顔色よ」

「…………え？」

『鉄の国』の楽屋で、フレアに声をかけられるまで、レインはずっと虚ろな表情で立ち尽くしていた。フレア以外のアイドルたちも皆一様に、ひそひそと何かを囁きながら怪訝そうな表情でレインを見つめている。

酷い顔色と言われても、自分の顔色なんてここ最近ずっと見ていないからわからない。

「……とりあえず、水でも飲みなさい。ほら」

フレアが差し出した水のボトルを受け取りながら、レインはぼんやりとかつての楽屋での出来事を思い出していた。

あの時の彼女も、こんな気持ちだったんだろうか。

今の自分も、彼女と同じような顔をしているんだろうか。

「…………っ」

透明なボトルの中の水面に、微かな波が立つ。それでようやく、レインは自分の手が震えていることを理解する。

勝つとか負けるとか以前に、こんな迷いと不安と恐怖だらけの心で、ステージになんて立てるんだろうか。あの光を浴びて平気でいられるんだろうか。

俯いて悶々と思い悩むレインの胸倉を、フレアが掴んで引っ張った。

「………!?」

取り落としたボトルの水が楽屋の床を濡(ぬ)らす。驚いたレインの目と鼻の先で、フレアの瞳が静かに燃えるように揺らめいた。

「余計なことは考えなくていい」

今日まで何度も聞かされてきた言葉。

「あんたは最強の兵器として鉄の国が勝ち取った戦利品(どうぐ)に過ぎない。それ以外の何でもない。兵器には迷いも感情も必要ない。ただ戦って、ただ勝つこと、それ以外は何も考えるな」

鉄の国の常識として、言い聞かされ続けてきた言葉。

「あんたは道具(アイドル)として舞台に立つの。心は全部、ここに捨てていきなさい」

迷いも不安も恐怖も。フレアの言葉が心ごと焼き払っていく。

「……わ、かっ……た……」

か細い声で、レインはそう答えた。答えてしまった。

ハナが隣にいたら、絶対に違うって言えたはずなのに。

一人きりの自分は、どこまでも弱虫で。

「……それでいいわ、レイン」

レインの瞳を覗(のぞ)き込(こ)んだフレアは、手を離して乱れた襟元を整えた。

瞳にかすかに残っていた「キラキラ」が、ハナがくれた大切な輝きが、黒雲の中に小さく消えていく。それを見て、フレアも含めたアイドルたちの誰もが思った。

ようやく『レイン』が……最強の怪物が帰ってきた、と。

◇

『それではこれより、本日のライブを開演します』

薄暗い舞台袖に響く、開演を告げる無機質なアナウンス。

レインの出番は第一演目、もう間もなくだ。

出番を待つアイドルがまだ少ない舞台袖の暗がりで、レインのことを話しているのであろう囁き声が雑音のように耳に届く。俯いて床を見つめたまま、レインは何も考えることなく佇んでいた。


「あー……、あはは……やっぱり」

そんなレインの耳に、聞き慣れた声が届いた。

「……っ⁉」

思わず顔を上げたレインの視線の先。暗がりの向こうから、レインの相手……『砂の国』の一番手のアイドルが歩み寄ってくる。

「私って本当、運が無いというか……何となく、こうなる気がしてたんですよね」

舞台から漏れる光が、徐々にその顔を……彼女がよく浮かべていた、ばつの悪そうな苦笑いを照らし出す。

「……嘘……うそ。うそ！　嫌っ、嫌だよ……！」

先程までの無表情が嘘のように、レインが動揺し目を見開く。

見間違いじゃない。そこにいたのは、レインが最も戦いたくない、いないない相手。


「どうして、クローバーが……っ！」


アイドルを辞めたはずのクローバーが、『砂の国』の衣装を纏って立っていた。

『第一演目。『鉄の国』レイン対『砂の国』クローバー』

目の前の光景を信じたくなくて取り乱すレインの耳に、現実を突きつけるように届くアナウンスの声。

「……私も、演目表の見間違いであってほしいってずっと思ってましたけど……やっぱりレインちゃん一人だけなんですね」

どこか寂しそうな顔で告げて、また一歩レインに近づく。

「でも、ある意味ラッキーだったかもしれません。そんな顔したレインちゃんを、一人でステージに立たせずに済みそうですから」

ほんの少し自信なさそうに弱々しく笑ってから、クローバーは手を差し出した。

「私じゃ、ハナちゃんに比べて頼りないかもですけど……今日は一緒に歌いましょう、レインちゃん」

「…………っ」

困惑のまま思わず握り返した手を伝う震えは、レインのものかクローバーのものか。

「行きましょうか、ステージへ」

そのままクローバーに手を引かれて、レインは誰もいないステージへと駆け上がる。

一面の闇が舞台を囲む。第一演目の時だけは、ひとつ前のアイドルの勝敗を決める共心石（シンパシウム）の光が残っていない。

経験したことのない暗闇に凍りつきかけたレインの背を、クローバーの手が送り出すように軽くトンと押して……一瞬だけ、呼吸が楽になった。

レインが舞台の中央に立った途端、待ちかねていたかのように先攻であるレインの自由曲が流れ出す。

「…………！」

呼吸を整え、本能をなぞるように手足を動かして踊る。自分の声もよく聞こえないまま、息を吸えているかさえもわからないまま、それでも歌う。

レインの自由曲。ハナとの練習の日々で、唯一彼女と一緒に歌ったことのない曲。

アイドル・レインが生まれてから、一番長い孤独を共にしてきた曲。

（……余計なことは、考えなくていい……？）

駄目だ。レインの頭の中は、もう余計なことでいっぱいになっていた。

もしクローバーを負かしてしまったら？

この手で彼女の心にとどめを刺すことになったら？

——お前の歌はアイドルを壊す。

嫌だ。クローバーを壊したくない。

——そんなに嫌なら、わざと負ければ？

無理だ。負けてあの光に照らされたら、また立ち上がれるほど私は強くない。

……どうしてクローバーなの。

何で今、よりによってクローバーと争わなきゃいけないの。

あんなにアイドルが嫌だって、ステージが怖いって言ってたクローバーが、またここに戻ってこられたのに。その大切な一歩を、私なんかが阻んでしまう。

勝ちたくない。負けたくない。戦いたくなんてない。

このまま終わって。共心石も光らないで。勝敗なんて決めないで。

……ああ、みんな、こんな気持ちで舞台に立ってきたのかな。

「…………っ、ぁ……」

考えているうちに、レインの身体が止まる。

止まって気づく。その先がないこと。

いつの間にか、レインは曲を歌い終えていた。身体に染みついた歌とダンスが、知らないうちに再演されていた。「最も多く歌ってきた曲」という経験値だけが、機械仕掛けの人形のゼンマイを巻くようにレインの身体を動かし続け……そして今、止まった。

眼前に広がる暗闇から目を逸らすように後ろを振り返ると、クローバーが穏やかに微笑みながら指先で小さく拍手しているのが見えた。

クローバーと入れ替わるように舞台奥へと移動したレインとすれ違う瞬間、クローバーは拍手を終えた格好のまま祈るように手を合わせ、そよ風のように小さな声で呟いた。

「……『グッドラック』」

それはきっと、彼女の自由曲の名前。

流れ出した自分だけの曲を、クローバーは真剣に、大切そうに歌う。

振り落とされないようしがみついて一緒に風を切った背中。

ちっとも頼りなくなんてない彼女の背中を見て。

（……私、今、何てことを）

レインはたった今自分が犯した過ちに気づいた。

自分はさっきまで一体何をしていたんだろう。

上の空で、よそ事ばかりを考えて、誰に向けて何を歌っていたんだろう。

レインがアイドルになったその日から、ずっと共にいてくれた、一番長い付き合いの「レインの自由曲（かぞく）」に……まだ、名前さえつけていなかったなんて。

（……何で、こんな大事なステージで、私は）

レインとクローバーが初めて一緒に立ったステージで、ライブの開幕を告げる重要な一曲目で……かつての、何も考えないお人形のように歌ってしまった。

泡立つような後悔が、悔しさが、レインの胸の奥から噴き上がる。

ハナに暗闇から救い出されて、虹の色を教えてもらって、二人で歌う喜びを知って。

クローバーに優しく背中を押してもらって、怖かったステージにも立てたのに。

砂の国を離れて、ハナと一緒にいられなくなって、鉄の国の色に染められて、自分の色もわからなくなって……いつしか、アイドルに一番大切なことも忘れて。

ずっと一緒にいてくれた家族に名前もつけないような、「心無いアイドル」になってしまっていたなんて。

（……そんなやつが、クローバーに勝ってしまうかもしれないなんて心配してたの？）

知らず知らず、握った拳に力が入る。ここが舞台の上でなかったら、涙を流していたかもしれないくらいに悔しい。

せめて、今からでも向き合いたい。クローバーと一緒の、大切なこのステージと。


そして自由曲を歌い終えたクローバーが、レインの方を振り向く。

「………………！」

自分がどんな顔をしているのか、まだレインにはわからないままだったが……クローバーが浮かべた安堵の表情を見て、レインも少しだけ安心できた。

鏡が無くても、一緒にいるアイドルの顔を見ればわかることもある。

そんな当たり前のことでさえ、レインは忘れかけてしまっていた。

『続いて、課題曲。十九番。両アイドルは所定の立ち位置へ』

機械的なアナウンスの指示に従い、レインは舞台前方へと駆ける。

クローバーの隣に立ち、大きく息を吸い、吐き出す。

抱えていた不安が、吐く息に乗って身体の外へ出ていくような気分がした。

まるで、優しい風が運び去ってくれるみたいに。

……大丈夫。今ならきっと歌える。

『十九番』が流れ出す直前、レインは迷いを振り切るように声を上げた。

『……『ワンダーナイトウェイ』っ！』


その声が、クローバーと重なる。

……クローバーも、覚えててくれたんだ。

ハナが宝物のスコアブックに記してきた、およそ四十曲ぶんの曲名(いのり)を。

(……ありがとう)

感謝の言葉の代わりに、全身全霊のパフォーマンスを返す。

勝ち負けなんて余計なこと、今は考えなくていい。

一緒に歌おうって言ってくれたクローバーに、彼女の想(おも)いに応えるんだ。

……たった一人でステージに立つことが怖い？

違う。一人きりのステージなんてない。戦舞台(ウォーステージ)には、必ず相手のアイドルがいる。

そしてそれは、倒すべき敵なんかじゃない。

ステージの上、一緒に歌う仲間(アイドル)のはずだ。

きっと、クローバーも同じ気持ちでいてくれている。

(……大丈夫)

真っ暗闇の靄(もや)の中で歌ってしまっていた先程までと違って、今は自分の声がよく聞こえる。頭のてっぺんからつま先まで、自分の動きがよくわかる。

どこか遠くで、この歌を聞いてくれているはずの誰かに届くように。

受け取ったばかりの勇気を、歌声に乗せるレインの瞳には。

雲の切れ間から青空が覗くように、微かな蒼い光が浮かんでいた。


そして四分間はあっという間に過ぎ、課題曲が終わる。

ステージの上、並んで最後の一歩を踏み終えた二人を、
せめぎ合う二色の光が、一斉に照らし出した。

「……っ、あ、……赤……っ」

ほぼ五分の青と赤。いや、ほんの少しだけ赤が多く見える。

脳裏に過る敗北の記憶。レインのトラウマを揺さぶり、心を蝕む赤い光。

『第一演目、『鉄の国』レイン対『砂の国』クローバー。勝者、レイン』

目の眩む光の洪水に溺れかけたレインの耳に、淡々としたアナウンスが届く。

「……っ、……ああ……」

そうか。今の自分は、鉄の国のアイドル。

……青はもう、自分の色じゃないんだ。

「……あーあ、残念。やっぱりすごいなぁ、レインちゃんは」

ちっとも残念そうではない声で、満足そうに微笑(ほほえ)みながらクローバーは告げた。

「でも、楽しかったです。とても」

「…………っ！」

それは、本来なら自分がかけるはずだった言葉。

あなたとのライブは楽しかった。一人でも多くのアイドルに、そう伝えるんだと誓ったはずの言葉。

情けなさと感謝が入り混じった気持ちで、レインはクローバーを見つめ返す。

クローバーの視線が、舞台を取り囲む共心石(シンパシウム)の方へと向いた。

「……え？」

思わず視線の先を追ったレインの眼(め)に、眩(まばゆ)く煌(きら)めいている共心石とは違う光が……弱々しくも青い光が、揺らめいているのが見えた。

床に固定されて動かないはずの共心石とは違い、明らかに何かの形を描くようにゆっくりと動いている。

下から上へ、斜めに昇る。

ふたつ、大きく弧を描く。

そしてまた斜めに元の位置へ戻る。

「……ハート、マーク……？」

見間違いではないはず。

隣のクローバーが、同じ場所を見つめて微笑んでいたから。

「クローバー、今の……」

「……さあ、戻りましょうレインちゃん。次のアイドルの出番ですから」

視界の隅、舞台袖から二人のアイドルがレインたちを見つめていた。

共心石の光も徐々に薄れていき、ステージに暗闇が戻っていく。

『第二演目。『霧の国』アッシュ対『鉄の国』マグネット』

アナウンスに急かされるように、レインとクローバーは舞台を降りる。

「……っ」

安堵と呼ぶには重すぎる疲労に、舞台袖に戻った途端レインの足は竦み、膝から崩れ落ちるように倒れ込んだ。

「レ、レインちゃん!?」

波のように押し寄せてきた様々な感情に、レインの呼吸が荒くなる。

たった二曲終えただけで、息は乱れ、手足は震え、まともに立っていられない。

『鉄の国』のダンス訓練で声を嗄らして倒れていたアイドルたちと同じ。あの子たちはみんな、こんなにも重く冷たい不安や恐怖を抱えていたんだ。

「……あ、あの誰か……」

慌てるクローバーにも、膝をつく当のレイン本人にも。『鉄の国』のアイドルは誰一人、手を貸そうとはしない。ただ黙って、冷たい目で見つめ続けるだけ。

この後に出番を控えた『砂の国』のアイドルたちも、気まずそうにレインを見ているものの、二人に構っている余裕はなさそうだった。

「……立てますか？　楽屋まで一緒に行きましょう、レインちゃん」

クローバーに肩を貸してもらい、ぼうっとした頭のまま。先程まで舞台上で見せていた力強いステップが嘘（うそ）のような弱々しい足取りで、レインはよたよたと歩き出した。

◇

「ちょっとお前、見学の時間はまだ終わりじゃないです！　勝手な行動はやめるですよ！」

同刻、『鉱組（アラガネぐみ）』寮舎一四号室にて。

端末（タブレット）の画面に映し出されたレインとクローバーのライブを観（み）終えるや否や、立ち上がって部屋を出て行こうとしたハナを１１３６番が呼び止める。

「あぅ……そうですよね、他の皆さんのライブもちゃんと観なくちゃですよねっ」

「そのとおりですっ。自主練したい気持ちもわからなくはないですけど、今は見学の時間です。しっかり見て、しっかり学ぶです！」

ぷりぷりと頬を膨らませて怒る室長と、何度言われても気がつくと一人で自主レッスンを始めようとする新人。もはや最近の一四号室ではお馴染みの光景だった。

「まー、フレア先輩の出番はまだまだ先だし、退屈なのはわかるけどねぇー」

「……それに、今のパフォーマンスも凄まじかった。第一演目からこのレベル……焦る気持ちも、少しわかる」

「１１５１番、１１５５番！　甘やかすようなこと言うなです！」

「はーいはい、ごめんねー」

自分までお小言はごめんんだ、とばかりに早々に謝って切り上げた。

「……けど、どうしてあんなにギリギリだった？　レインの相手は、無名のアイドルだったはず……あのレインが辛勝なんて……」

「早幸さ……クローバーちゃんは、すごくて強いアイドルなんですっ！」

「……そういえば新入りは、『砂の国』に住んでたんだっけ……？」

「こら！　私語厳禁！　結果の分析も大事ですが、今は第二演目の見学に集中するです！」

ぷんすかと厳しく怒る１１３６番に呆れたように溜め息をつき、１１５５番は小さな端末の画面に目を向ける。

「１１２３番……じゃないや、もうマグネットか。頑張ってるよねぇー」

「みなさんのお友達なんですか？」

「友達？　……別に、ただ一緒に訓練したことがあるってだけ」

マグネットは、数週間前まで『鉱組（アラガネぐみ）』で訓練に勤（いそ）しんでいたアイドル。彼女たちにとっては、それ以上でもそれ以下でもない。

研修生たち全員が、ほとんど何の感傷もなく彼女のパフォーマンスを見届ける中で、ハナは一人黙々と考えていた。

……どうして、レインちゃんの隣で歌ってるのがわたしじゃなかったんだろう。

——焦る気持ちも、少しわかる。

焦り。ハナにとっては、初めての感情。ギラギラとしたその感情に突き動かされるようにして、一刻も早くあの場所まで登っていきたいという想（おも）いが強まっていく。

……そしてもうひとつ。画面越しにもわかった、前半のレインの不調。

クローバーの自由曲を間近で見てからは、調子を戻したように見えたけれど。

また何か、大きくて重たい悩みを一人で抱え込んでしまっているんだろうか。

初めてレインがここを訪ねてくれた日以来、彼女は忙しいのか一度も会えていない。

お話できたら、傍（そば）にいられたら、支えになってあげられるかもしれないのに。

もっともっとレッスンをして、実力を磨いて、認めてもらって『鐵組(クロガネぐみ)』に上がって……。

（……早くまた、レインちゃんに会いたい）

◇

誰もいない、薄暗い会場の廊下。

もう肩を貸さずとも歩けるほどにレインの震えは止まっていたが、また倒れてはいけないからとクローバーの衣装の端をつまんだまま、レインはゆっくりと『鉄の国』の楽屋に向かっていた。

「……ありがとう、クローバー。……ごめんね」

「いいんですよ、これくらい。私がしたくてやってる……」

「そうじゃなくて」

力なく俯(うつむ)いたまま、レインはクローバーの言葉を遮った。

「クローバーが一緒にいたのに……ちゃんと向き合わずに、一人で歌ってごめん」

レインの頬(ほお)を、熱い涙が伝う。恐怖や絶望からではなく、前向きな後悔からくる涙が。

「……いいんですよ。『ワンダーナイトウェイ』は、ちゃんと二人で歌えましたし。ちゃんと届いてましたよ。私にも……きっと、あの子たちにも」

「えっ……？」

顔を上げたレインの疑問に答えるように、廊下の奥に騒がしい声が響く。

「……あっぶなー！　なんかめっちゃ追いかけてきたんだけど!?」

「はあ、はあ……き、きっと、会場のスタッフ……『橋の国』の方々ですわね……」

突き当たりの曲がり角から姿を現したのは、二人の少女。

「べっつによくない!?　あんな怖い顔で捕まえにこなくてもさぁ……！」

「はあ、はあ……っ、で、でも……なんだか少し、楽しかったです……わ……？」

小走りで駆けてきた二人は、レインの姿を見つけると……目を見開いて固まった。

「……ふふっ。こんな所で会えるなんて、やっぱり今日はついてるのかも」

柔らかく微笑(ほほえ)んだクローバーだったが、レインはさっぱり状況が飲み込めない。

「………っ!?　………………〰〰〰〰っ!?」

見覚えのない二人の少女は、何も喋(しゃべ)ってくれない。特に黒髪の女の子の方は、大きく見開いた目を潤ませ、声にならない声を漏らしながら顔を真っ赤にして固まっている。

その右手が何かを取り落とし、かつんと硬質な音を廊下に響かせた。

「……っ、それ……！」

少女の手から落ちたのは、青く光る棒。

かつて、思い出の中で話にだけ聞いていた、あの……「光る棒」。

「もしかして、さっきの……？」

共心石（シンパシウム）の光の隙間で、青くハートを描いていたあの光。

あれは、この女の子の手によるものだったのだろうか。

「っ、ぁっ、そっ、のっ」

興奮と混乱で言葉を紡げずにいる黒髪の少女をフォローするように、金髪の少女が光る棒を拾い上げながらレインの前に躍り出た。

「あの！　あーしら、今天地（あまどころ）事務所でバイトしててっ。この光る棒も、この子が色々グワーッて頑張って作ってっ。たまたまそーゆーのが得意な家の子でっ」

要領を得ない情報の洪水にたじろぐレインに、クローバーが苦笑しながら一言告げた。

「……彼女、レインちゃんのファンの子なんです」

「…………っ」

その一言で、またレインの眼（め）から一滴、涙が零（こぼ）れた。

プロデューサーの立てた「作戦」。

それは、レインとハナのファンである二人の少女に、天地事務所の臨時職員（アルバイト）として所属してもらうこと。

事務所の関係者になれば、ライブ会場に出入りすることができる。

同時に、日吉早幸という優秀な事務員が一人抜けることで生じる負担を穴埋めしつつ、彼女に『クローバー』としてアイドルに復帰してもらうことができる。

「……だが、もちろん一番大事なのは、早幸……お前の意思だ」

後がない状況に差し迫られてアイドルを強いるのであれば、結局レインの時と変わりはない。手近な少女を利用しようとしているだけだ。

大切なのは、早幸自身が『クローバー』になりたいかどうか。

大嫌いだったアイドルに、あの光が待つ戦舞台に、やっと抜け出せた薄闇の世界に、もう一度戻りたいかどうか。

「私は……」

言わされた言葉なら、気を遣って吐いた嘘なら……きっと彼は簡単に見抜く。そう思った早幸は、ゆっくり深呼吸して、素直な想いを口にした。

「……正直、まだ怖いかもしれません。でも、レインちゃんにもらった勇気の方が、そんな恐怖なんかよりずっと大きいから」

ファンの二人だけじゃない。早幸も、レインにたくさんの勇気をもらった。その勇気をほんの少しでもレインに返せるなら、もう一歩踏み出すのもきっと怖くはない。

「……クローバーは、すごく強いアイドル。どんなに怖くても、負けません。だから私は大丈夫です。プロデューサー……もう一度、私をアイドルにしてください」

落ち着いた吐息に乗せた言葉が、絶えない風が、背中を押して。

「……わかった。感謝する、クローバー」

真剣な顔で頭を下げた早幸に、プロデューサーも心を決めた。

そうして「クローバー」が復帰した初戦の戦舞台に、運良くレインも出演し。

二人の少女が、レインに想いを伝えるチャンスが生まれた。

今の戦舞台の在り方では、たとえアイドルがファンを増やせたとしても、ファンからアイドルに想いを伝える場所がない。どれだけ愛されようと、ステージに立ち続けようと、観客席の無い戦舞台の上では、自分が本当に愛されているのかを確かめる術(すべ)がない。

ハナのように鉱区街の住人と密接に交流でもしていない限り、黒髪の少女がレインにもらったたくさんの気持ちも、それに感謝を告げる言葉も、伝え合うことができない。

ではどうすればいいのか？　そんな疑問に、プロデューサーはひとつの答えを出した。

「……光る棒だ」

かつて一花(いちか)から聞かされた、大昔のアイドルとそのファンの慣習。

曰(いわ)く、昔のアイドルにはそれぞれのカラーがあり、ファンは愛するアイドルの色に光る棒をライブ会場に持ち寄って想いを伝えていたと。

手渡す機会があるか定かでない手紙よりも確実な手段。

レインとクローバーのライブが始まる直前。彼女は手製の青色に光る棒を隠し持ち、真っ暗闇の「審査員席」……共心石(シンパシウム)の立ち並ぶ感情エネルギー測定場へと忍び込んだ。

そしてライブを終えたレインに向かって、煌々(こうこう)と輝く共心石のどれよりもまっすぐにレインへと届けるつもりで、大きな大きなハートを描いた。

すぐに会場スタッフに見つかり、追っ手を差し向けられたが、金髪の少女が事前に確保しておいた逃走経路(ぬけみち)を使い、何とか二人で逃げ切って……。

その先で偶然「生レイン」と遭遇したという顛末(てんまつ)だ。

「……そう、なんだね。……ありがとう」

涙を拭い、レインは手を差し出した。

「その……記念に、握手でもする……？」

何故(なぜ)だか、そんな提案が口からこぼれていた。

黒髪の少女はハッと我に返り、裏返った声で必死に返答する。

「あっ、はっ、はひ……！　ぜ、是非……！」

差し出された手を、少女はぎゅっと両手で握り返す。

温かくて、安心する。さっきまでの手の震えも、気がつけば止まっていた。

緊張でガチガチに固まった少女の手の上から、レインがもう一方の手を優しく添える。

「……応援してくれて、ありがとう」

「……っ、あ……！」

決壊。そんな表現が似合うように、少女の目から大粒の涙が溢(あふ)れ出(だ)した。

「わ、わたくしっ……！　レイン様に、た、たくさんのものを頂いて……っ！　こうして触れて、直(じか)にお伝えできるなんて、夢にも……夢にも……っ！」

握る手に、ぎゅっと力が籠(こも)り……少女の想(おも)いが、「熱」が伝わる。

「ありがとうございます、レイン様っ……！　わ、わたくし、万感の想いですわ……！」

感謝を告げながら流す涙が、レインにはとても優しい雨のように思えた。

「……本当に捕えなくてよろしいのですか」

そんな一同の様子を、曲がり角の物陰から見張る二人の人物。

エネルギー測定場への侵入者を捕まえるため追いかけてきた、ライブ会場のスタッフ……『橋の国』の人間だ。

「ええ。少し泳がせてみましょうか」

上司らしき一方の人物が静観を決め込む。

測定場に忍び込む人間など前代未聞。捕まえなければならないのかさえもわからない。

一見、審査員席に青い光をひとつ持ち込むという行為は不正のようにも思えるが、エネルギーラインに接続された共心石(シンパシウム)以外の光は審査結果には影響しない。

先日のライブの時のように測定機器が故障しているならともかく、彼女が青をひとつ増やしたところで『砂の国』を不正に勝たせることはできない。

しかも、隠れて見ていれば、彼女はどうやら『砂の国』ではなくレイン個人を応援していたらしい。理解不能な奇行にスタッフも困惑していたが、静観を言い渡した上司の方は少女の語った言葉に興味を寄せていた。

「あの子……万感の想い、と言っていたわね」

「えっ……ええ、確かに」

「それが私たち『橋の国』の人間にとって何を意味するか……貴女もわかるわよね」

感情エネルギーで何もかもが動くこの世界において、「万感」が文字通り「万の感情」であるなら、それはもはや旧時代における油田や金鉱脈と同義。膨大な感情エネルギーを生産できる宝の山と呼べるだろう。

「……あの子、測定場で共心石の光に曝されていたのに……微塵も眩んだ様子がない。きっとあの子が言う『万感』は本物だわ。そして、それを引き出したのが……」

「……レイン、ですか」

かつて最強と呼ばれ、周辺国に知らない者はいなかったアイドル・レイン。

先日、無名の新人アイドルと組んでフレアに敗れ、『鉄の国』へと所属が移ったことは記憶に新しいが……どうやら彼女の存在感は、未だに『砂の国』の人間を魅了し、あるいは支配し続けているようだった。

「民衆はとっくの昔に『アイドル』への興味を失くしたと思っていたけれど……まだまだありそうじゃない。『万感』の源泉が」

妖しく笑う上司を、やや怪訝そうに見つめる部下。

戦舞台……今ではそう呼ばれているライブイベントは、元々は大量の感情エネルギーを搾取、収集するために開催されていた。興味本位で集まった野次馬たち、あるいはアイドルに会いに訪れた物好きな民衆。かつてはこの舞台にも観客がいた。

しかし、ライブが国家間の「戦争」へと変わり果てていくにつれ、人々も次第にアイドル個人への興味関心を失い、やがて誰一人アイドルを愛することはなくなっていった。今では観客もいなくなり、得られるエネルギーもアイドル数人分の絶望という非効率なものとなってしまった……が。

もしあの黒髪の少女のように、アイドルを心から愛し、その歌に、ダンスに、パフォーマンスに感動し、強く大きな感情を……「万感」を生み出し続ける、そんな観客がホールを埋め尽くしたとしたら。

得られるエネルギーは、一体どれだけのものになるだろう。

「『橋の国』のため……そしてより良い世界のために。もっともっと踊って頂戴、レイン」

野心に満ちたその笑みに気づくこともなく、レインとファンの少女は固く手を握り合っていた。

「ねー、てか長くない？　ズルい」

「あっ、す、すみません……わたくしとしたことがつい、この時間が永遠に続けばと……失礼しました」

さらりと凄いことを口にしつつ、黒髪の少女は名残惜しそうに手を離した。

「……その、あなたも握手、する？」

「んーせっかくだし、って言いたいトコなんだけど……ねーレイぽん」

「……レ、レイぽん……？」

妙なあだ名に困惑するレインを無視して、金髪の少女は言葉を続けた。

「ハナてゃはどこ？　何で今日、一緒に出てなかったの？」

「……っ」

彼女の口から突然飛び出してきたハナの名前に、レインは心臓に大穴を開けられたような気持ちになった。

「あーし、ハナてゃのファンなんだ。もち二人で歌ってるトコが一番好きだから、レイぽんのことも嫌いじゃないんだけど、今日は一人なんだなって。レイぽんの顔見たらなんかわかっちゃった。ハナてゃ、この会場に来てないんしょ？」

「………うん。……何で、なんだろう」

胸に開いた穴を吹き抜けるような寂しさに、レインの表情が曇る。

何で一緒に出られなかったんだろう。

何でせっかくクローバーと一緒に立てたステージに、ハナがいなかったんだろう。

『鉄の国』がそう決めたから？　ルールに従うって言ったから？

ハナと一緒に歌うと、彼女が薬に近づいてしまうから？

「………」

俯(うつむ)いて黙り込んでしまったレインに、二人の少女は顔を見合わせて頷(うなず)き合い。

「……あの、レイン様。こちらを」

懐から取り出した小さな何かを、レインに差し出した。

「……これ……」

それは、ふたつの指輪だった。

小さな共心石(シンパシウム)の欠片(かけら)があしらわれた、お揃(そろ)いのふたつの指輪。

「……わたくしたちファンから、アイドルに贈り物をする文化が昔はあったそうなのです。本当はレイン様もご存知(ぞんじ)というこちらの『光る棒』を……とも考えたのですが、少々嵩張(かさば)りますし、ダンスの邪魔になってしまってはいけないかと思い……」

緊張気味に、黒髪の少女が伝えてくれる。

「だったら身に着けられる形にしてみたらどーかなって、二人で考えたんだ！　名付けて『光る指輪（リングライト）』！　どう？　いけてるっしょ？」

　得意げな笑顔で、金髪の少女が教えてくれる。

　二人分の指輪に、それぞれが込めた想（おも）いを、祈りを。

「レイン様。お嫌でなければどうか、お受け取りいただけないでしょうか」

「あーしら二人からのプレゼント！」

　雨受け皿のように差し出したレインの手に、そっと小さな光の粒が載せられる。

「あ、当然片方はハナてゃのぶんだから、ぜーったいレイぽんが渡してよ！　約束！」

「……うん。わかった。約束する」

　受け取ったプレゼントをぎゅっと握り締めると、手の中に微（かす）かな温（ぬく）もりを感じた。

　まっすぐに二人を見つめ返したレインの瞳に、さっきまでの影はもうない。

「んじゃ、そろそろ戻らないと怪しまれちゃうから、このへんでねっ」

「あっ……つ、次は！　次は、お二人でのご出演を心待ちにしておりますわ……！」

　慌ただしく走り去っていった二人の背中を見送った後、それまでレインの背後から事の成り行きを見守っていたクローバーが口を開いた。

「レインちゃん。見ての通り、『砂の国』にはレインちゃんとハナちゃんのライブを楽しみに待ってくれている人たちがいます。……みんな、二人のことが大好きなんです。『砂の国』の誰一人、レインちゃんを恨んでなんかいません」

『鉄の国』での孤独な生活の中でレインの心に巣食った不安を見透かしたかのように、クローバーは優しく語り掛ける。

「どこにいても、レインちゃんはレインちゃんですから。あなたの……あなたたちの『アイドル』を、信じ続けてください。必ず届くって、もうわかったでしょう?」

「……うん。……っ、ありがとう、クローバー……」

後ろを振り返ることができないまま、レインは何度目かわからない感謝を告げた。

「……私も、もう行きますね。これ以上『鉄の国』の楽屋近くを私がうろうろしてると、変に思われちゃいますし。それじゃ……その……ぐ、グッドラック！　ですっ！」

クローバーの両手が遠慮がちにそっとレインの背中を押し、小走りの足音が背後へと遠ざかっていく。お互い顔を見られるのが恥ずかしかった二人は、それぞれの足取りでそれぞれの楽屋へと向かう。

一人で廊下を歩きながら、レインは手に持った指輪を見つめる。

ほのかに青く煌(きら)めくふたつの指輪に、かつて見たキラキラを思い起こす。

昨日までの自分なら、共心石(シンパシウム)の指輪を受け取るなんてと怖がっていたかもしれない。

でも、今は不思議と何も怖くはない。ただ綺麗(きれい)で、優しくて、温かい光。

今ならもう、あの瞳を見つめ返すことに迷いは無い。

胸の奥底からこみ上げてくる、あの日感じたのと同じ『熱』を、レインは言葉にした。

「……ハナに、会いたい」

◇

それから数時間後、日もすっかり暮れた時刻。

『最終演目、『鉄の国』フレア対『砂の国』ブルーローズ。勝者、フレア』

フレアの圧勝をもって、戦舞台（ウォーステージ）の全演目が終了した。

「とおぉーぜんの結果ですっっ！　さすがフレア先輩！」

「レインがいなくなった『砂の国』なんて敵じゃないねー」

「……うん。今のフレア先輩の勢いを止められるアイドルなんて、『砂の国』にも『霧の国』にも……他の周辺国にだって一人もいないはず……！」

フレアの見せた最高のパフォーマンスに興奮気味に想（おも）いを馳（は）せる一四号室の研修生たち。

その盛り上がりを後目（しりめ）に、ハナは一人立ち上がり部屋を出た。

一刻も早く、わたしもあの舞台までいきたい。またレインちゃんやフレアさんと一緒に歌って踊って、お姉ちゃんに披露するための最高のライブに一歩でも近づきたい！

わいわいと今日のライブの感想で盛り上がる一同の中、室長……１１３６番ただ一人がハナの「勝手なお出かけ」に気づき、「……むぅ」と面倒そうに唸ってから夜間行動用の角灯を手に外へ出た。

「……おい、１１７８番」

薄暗い夜の闇の中、力強い笑みを浮かべながら踊るハナを見つけて声をかける。

「はいっ。……あれ？　１１８７番じゃありませんでしたっけ？」

「えっ。いやせんひゃくなな……はちゅじゅ……あ、あれぇ？」

舌を噛みそうになってしまっている室長に、ハナはにっこり笑って告げた。

「よかったら、わたしのことはハナって呼んでほしいですっ」

「そ、それ！　レインが呼んでた……っ、ずっと気になってたです！　お前、何でまだアイドルじゃないくせに名前があるですか……？」

「レインちゃんにもらった名前なんですっ」

「……レインに……」

レインの名前を聞いた彼女は、苦虫を噛んだような顔をした。

研修生の彼女たちにとっても、憧れのフレアをずっと苦しませ続けてきたレインは憎むべき敵。正直、今日のライブでも『鉄の国』とはいえ応援する気にはなれなかった。

そんなレインと目の前の新入りは、どうやら仲が良かった様子で。『砂の国』の他のアイドルのことも知っていて、アイドルネームまで持っている。なのに、四六時中ひたすら自主練をしたがる以外、何も特別な所がない。レインやフレアに感じるような、圧倒的な実力を持っているわけでもない。

……この子は、一体何者なんだろう。

「室長ちゃんやみんなは、番号じゃない名前、ないんですか？」

「えっ」

唐突な質問に思わず固まる１１３６番。

もちろん、本名はある。人間として生まれた時、親につけてもらった名前が。

しかし、『鉱組(アラガネぐみ)』に入れられたその時から人間ではなくなった彼女たちは、この国で本名を名乗ることは今後一切許されない。

そして、『鉱組』の研修生に番号しか与えられないのは、アイドルネームを『鐵組(クロガネぐみ)』昇格のご褒美に据えるため。『鉄の国』にアイドルとして認められるまでは、勝手に名乗ることはできない。罰則があるわけでもなかったが、みんな従い続けてきた。

ただ、自分で決めたアイドルネームを心の中にしまっておく子もいる。それ自体は上を目指して努力する動機になるからだ。

彼女……１１３６番もそうだった。

「……な、名乗りたいアイドルネームは決まってるです……」

「え！　教えてください！」

「やーでーすー！　お前なんかに教える義理はないです！」

彼女の心に大切にしまわれた名前は、自分の実力で『鐵組(クロガネぐみ)』まで上り詰めて、憧れのフレア先輩の居場所に追いついてから名乗ることにこそ意味がある。こんなところでぽっと出の新人にほいほいと教えてやるほど軽いものじゃない。

「えー、残念です……じゃあ、室長ちゃんが『クロガネ組』になったら、その時に教えてくださいねっ」

「…………っ」

屈託のない笑顔にたじろぎつつ、彼女は持ってきた角灯(ランタン)を地面に置き、ハナの隣に立つ。

「……さっきの、『十五番』ですよね。あたしもやるです」

「……！　ありがとうございますっ！　じゃあ、最初から一緒にやりましょうっ！」

ハナがレインに一日でも早く追いつきたいのと同じように、１１３６番にもフレアへの強い憧れが燃えている。新入りなんかに先を越されてはたまらない。

それから、部屋に帰ってこない二人を探しに出てきた一四号室のメンバーに見つかるまで、ハナと１１３６番は時間も忘れて自主レッスンを続けたのだった。

◇

ライブ終了後、数台の心動車(エモーターカー)に乗せられて『鉄の国』へと戻って来たレインたちは、煌々(こうこう)と輝く『紅の太陽』の光を遠目に見ながら軍隊のように整列し、通信機越しに届く男の声に耳を傾けていた。

『九戦、無敗か』

低く、冷たく、重い声。

声の主は、『鉄の国』のアイドル誰もが恐れる王様……総帥。

よくやった、と一言褒めることもせず、総帥は当然の結果とでも言わんばかりに淡々と事実だけを口にした。

これまでの戦舞台(ウォーステージ)では、『砂の国』相手のライブに限っては必ず一つ黒星がついていた。

だからこそ今日の結果……全勝は、レインが戦舞台に現れて以来最大の快挙。

フレアがずっとレインに負け続けていたためだ。

彼の言葉に耳を傾けるアイドルたちも、どこか昂揚(こうよう)していた。

敗者がいない今日は、誰にも罰が下らないはずだと。

『……しかし、レイン。お前は辛勝だったようだな』

だから、総帥がそう告げた瞬間、アイドルたちの誰もが青ざめて息を呑(の)んだ。

総帥がアイドルの名前を自ら呼ぶことなどありえない。名指しで戦績を指摘されたレインが、落ち着いた声で短く答える。

「……はい」

『何故だ？』

その問いに答えるより先に、レインではない別のアイドルが声を上げた。

「わ、わざと手を抜いたんです！　こいつ、まだ『鉄の国』の敵なんですよッ！」

叫ぶようにそう言ったのは、スピネル……昨日、レインに食堂で「わざと負ければ？」と唆してきたアイドルだった。

きっと、彼女も皮肉か冗談のつもりで言ったのだろう。最初からレインが負けるわけがないと思っていたから、ほんの意地悪のつもりだったのかもしれない。……それほどまでに、レインというアイドルが憎かったのかもしれない。

『……事実か？』

突き刺すような問いかけにスピネルは「ひっ」と息を呑んだ。

「わざとじゃない。けど、全力じゃないパフォーマンスをしてしまったのは事実です。すみませんでした」

「ちょっ……!?」

正直な本心を口にしてぺこりと頭を下げたレインに、今度はフレアが焦り出す。

『そうか。では、レインに一週間の『特別訓練場』行きを命じる』

周囲のアイドルが、一斉に息を呑むようにざわめく。その反応で、レインにもその『特別訓練場』なる場所がスピネルの言っていた「地獄」だとすぐにわかった。

「……そこで一週間頑張ったら、ハナに会いに行ってもいいですか？」

『それはお前次第だ。通達は以上……』

「ま、待ってください！」

通信を切り上げようとした総帥を遮るように、フレアが叫んだ。

『……何だ？』

声色を変えずに応じた総帥は、しかしフレアの名前を呼ぼうとはしない。

「レ、レインは……今日、勝ちました。辛勝であっても、勝ちは勝ちです。……負けていないアイドルを『特別訓練場』送りにするのは……その前例を作ってしまうのは、『鐵組（クロガネぐみ）』のアイドルたちの士気に関わります……！」

激情を抑え込みながら言葉にしたフレアに、総帥は動じることもなく冷たい声を返した。

『……士気があるのか？　お前たち道具に』

「…………っ」

駄目だ。この人には、きっとアイドルの言葉なんて何一つ届かない。

自分たち『道具』の言葉なんて、聞く価値も無いと思っている……。

「……あるに、決まってる」

静かに、しかしはっきりと憤りを込めたその声は、フレアのものではなく。

「……レイン……!?」

衝撃に言葉を失うフレアを差し置いて、レインは言葉を続ける。

「私たちは、アイドルは、道具なんかじゃない。あなたと同じ人間で、心がある。士気……やる気だって気持ち次第で上下する。少なくとも私は、あなたみたいな意地悪な人のために歌いたいなんて思わない……！」

そこまで口にしたところで、フレアがレインの胸倉を掴んで引き寄せ、乾いた音を響かせてレインの頬を思い切り叩いた。

「っ、黙りなさい……！　もうこれ以上、余計なこと言わないで……！」

せっかくこれまで守ってきた秩序が、レイン一人の暴挙でぐちゃぐちゃに壊される。

これ以上総帥の機嫌を損ねたら、一体何をされるかわからないのに。

『……フレア。アイドルが暴力を振るうものではない』

「……っ、え……？」

『お前たちアイドルは兵器だが、武力であってはならない。人類は武力を捨ててアイドルを選んだからだ』

あくまで淡々とした総帥の言葉に、フレアを含めた誰もが言葉を失くす。

『レイン。お前も同様に兵器だ。あくまで心があると主張するのであれば、『特別訓練場』で余計な感情を洗い流し、心を入れ替えるといい。……通達は以上だ』

そう言い残して、通信は今度こそ切られた。

「…………っ」

フレアたちアイドルは皆、生きた心地がしなかった。

「……レイン……どうして、あんなこと言ったの……」

力なく問いかけるフレアに、レインはまっすぐに澄んだ目で答える。

「みんなに忘れてほしくなかったし、私が忘れたくなかったから。……私たちアイドルは道具なんかじゃ、戦争のための兵器なんかじゃないってこと。ステージの上で、一緒に笑い合える仲間なんだってこと」

……どうかしてる。

総帥の言う通り、あの場所で心を入れ替えることでしか、この怪物を大人しくさせる方法はないのかもしれない。

「……ついてきなさい」

通信機を手に事の次第を見守っていた女性が、レインの手を引いて心動車（エモーターカー）へと連れて行く。きっとこのまま、『特別訓練場』へ連れて行かれるのだろう。

（……一週間、か）

ライブを終えたら、すぐにでもハナに会いに行きたいと思っていたレインにとっては長過ぎる時間。

しかし、『鉄の国』が課す特別訓練とやらを乗り越えれば、弱虫なこの心も少しはフレアみたいに強くなれるかもしれない。

そうすれば、ハナに顔向けできる自分に戻れるだろうか。

「……よろしくお願いします」

抵抗することなくそう告げて、レインは微笑(ほほえ)んでみせた。

これから連れて行かれる場所が、たった一週間の生存すら危ぶまれるような地獄だとは知らずに。

第三章　国を照らす闇

心動車(エモーターカー)に揺られ、レインが連れてこられたのは、見上げるほどの巨大な工場。

昇降機に乗って地上五十階へと昇り、重々しい鉄扉を開けると。

目の前に広がっていたのは、一面の夜空……などではない、真っ赤な世界。

赤い、赤い世界。

「……っ、これって……！」

『鉄の国』の何処(どこ)にいても見えた赤い光。

昼も夜も沈むことなく輝き続け、レインの心を灼(や)き焦がし続けてきた絶望。

巨大共心石(シンパシウム)結晶……『紅の太陽』。

「……では、これより一週間。特訓に励みなさい」

それだけ言い残して、レインをここまで連れてきた女性は鉄扉の向こうに消える。

地鳴りのような音を立て、唯一の出入り口と思(おぼ)しき扉が閉ざされた。

「……っ」

文字通り太陽のように身を灼く赤い光は、何処を向いても、目を閉じても、逃げ場など残さずレインの心を染め上げようとする。

呼吸を乱されながら屋上の広場を歩くと、そこかしこに横たわる、あるいは力なく座り込む幾人もの少女たちの姿が見つかる。

レインたち『鐵組』と少しだけデザインの違う衣装を纏っている子もいれば、ダンス訓練で見かけた覚えのあるアイドルもいる。

「全員……アイドルなの……!?」

皆一様に、心を失くしたような顔をして。

声は掠れ、痩せこけて。

全員、どう見ても、星眩みに罹っている。

「これが……こんなのが、訓練……!?」

まともに歌やダンスを練習できている子なんて、当然一人もいない。花園で見た一花の姿よりもはるかに疲弊しきって、石のように動かない子までいる。

『砂の国』には、いくら何でもこんな場所は無かった。

この国で一番明るいはずのここはまるで、国家の闇を煮詰めたようなどこまでも昏く冷たい地獄のような場所で。

クローバーやファンの二人の助けで、どうにか乗り越えられたと思っていたはずの星眩みへの恐怖が、ぞわぞわと喉の奥から這い上がってくるのを感じた。

一瞬でも気を抜いたら、すぐに呑み込まれて、どこまでも堕ちてしまう。

こんな場所に、私はフレアを何度も何度も送り込んできたなんて。

「……はっ……はっ……！」

乱れる息を必死に整えながら、レインは衣装のポケットに手を伸ばす。

名前も聞きそびれたファンの彼女にもらった指輪を、震える手で指にはめると、か弱く小さな青い光がほのかに灯(とも)った。

「……砂の国の色だ」

砂漠を走りながら見上げた故郷の空の色。

かつてはレインの味方でいてくれた青い光。

見つめていると、少しだけ勇気が湧いてくる。

「……歌おう」

ただ俯(うつむ)いていても、どうにもならない。

ここで自分にできることはきっと、歌い続けること。

二度と自分の中のキラキラを見失わないために。

私が私(レイン)であり続けられるように。


――あなたたちの『アイドル』を、信じ続けてください。

「……うん。ありがとう、クローバー」

指に灯る青が、光の軌跡を描く。

大きく息を吸い、レインは歌い始めた。

◇

草木も眠る時間帯。太陽の光も届かない、濃紺の夜空の下。

雲間を縫う僅かな月明かりに照らされた花畑を、少女が一人忍び足で進む。

ぼう、と低く響いた、洞穴を風が吹き抜けるような音に驚いて肩を震わせる彼女は、それが夜行性の鳥の声だとは知らない。ずっと息を潜めていると夜の底に引きずり込まれ沈められてしまいそうな気がして、少女はわざと静寂を壊した。

「っ……夜中に来ると、一層気味の悪い場所ね……！」

――番外区、『花園』。

『砂の国』と『鉄の国』の狭間にある、どちらの国にも属さない隔絶の楽園に、フレアは一人訪れていた。

「――だ、脱走ぉ!?」

発端は、数日前に耳にした噂。

「しっ！　声がでけえよ！」

「す、すみません……けど、本当なんですか？　『鉱組』から脱走者だなんて」

食後の休憩がてらの雑談といったところだろうか、『館』の薄暗い廊下で声を潜めながら噂話に興じる男性が二人。たまたま近くを通りかかったフレアは、耳に飛び込んできた単語に思わず立ち止まり聞き耳を立ててしまっていた。

「だからあくまで噂だって言ってんだろ……『鉱組』の訓練区域付近で、防護柵を無理に突破したような形跡や、国外へ向かうような足跡が見つかったってだけの段階だ。そもそも脱走なんて言い方自体よくねえよ、無理矢理閉じ込めてるみたいだろうが……とにかく下手なこと言うなよ、誰が聞いてるかわかったもんじゃない」

「うえ……防護柵って、あの有刺鉄線の囲いっすよね。痛そー」

鉄の国の外周防護柵。国外からの侵入者を防ぐという意味で名づけられたそれは、もはや少女たちを逃がさず囲う檻としてしか機能していない。

「そもそも、昔から珍しいことでもなかったって聞くぜ。『鉱組』の頭数が朝になって合わないなんてことなんてな」

後輩をからかうような男性の口調に、物陰のフレアは歯噛みする。

「……？　珍しいことじゃないんなら、何で脱走騒ぎなんて噂になってんですか……？」

「いや、今回の噂は逆なんだよ。明らかに誰かが国外へと抜け出したような形跡があるのに、朝になって数えてみても誰も減ってないんだ」

「はぁ……？　真夜中に抜け出して、朝になったら元の場所に戻ってきてるってことですか……？　何だそれ、何の意味が……」

「馬鹿だなお前、もっと想像力を働かせろよ。もしそいつが何日もかけて防護柵を壊すなりして脱走経路を作ってるなら、最終的に逃げ出すのは一人や二人じゃ済まねえだろ」

「あ……！」

察しの悪い後輩に溜め息をつきながら、男はどこか得意げに続けた。

「研修生とはいえ、一度に何人もいなくなるのはマズい。その前例を作っちまうのもだ。だから俺たち警備部の間でこうして噂話を流すことで、不届き者に対する警戒心を上げておこうってわけよ。あくまで不確定な噂に対して大袈裟な警備強化なんてできないからな……お前も聞いたからには目ェ光らせとけよ」

噂話に留めておくことで、表向きには平穏を装う。何度も見てきた大人のやり口に、フレアは内心怒り猛っていた。

「……一応聞いておくんですけど。もし脱走現場を見つけたら……」

「お前、そこまで俺に言わせるのか？　……ったく。脱走なんて馬鹿な真似を諦めさせるんだよ、徹底的にな。そうすりゃ同調者への抑止力にも……」

「……あの」

最後まで聞いていることができずに、フレアは物陰から歩み出て二人に話しかけていた。

「げっ、フレア……!?」

「い、今の聞いて……!?」

怒りに震える拳を必死に抑えながら、慌てふためく警備の男性にフレアは提案した。

「その『鉱組(アラガネぐみ)』の調査、私に任せてもらえないかしら」

実のところ、脱走者の噂を聞いた時点で、フレアにはその人物も目的もおおよそ見当がついていた。

鳥籠で暮らし、担当マネージャーに生活を管理されている『鐵組(クロガネぐみ)』のアイドルと違い、野晒し(のざら)の小屋に住まう『鉱組』の研修生たちは逃げようと思えばいつでも逃げ出せる。

ただし、国外に逃げるなら『鉄の国』を取り囲む防護柵をまず越えなくてはならない。

鉄製の茨(いばら)のように無数の棘(とげ)を持つ防護柵を無理矢理(むりやり)越えようとすれば、手も足も傷だらけになる。生身の少女が簡単に耐えられるような痛みではないし、仮に我慢できたとしても傷だらけの足で血を失いながら走れる距離などたかが知れている。

普通の人間なら、試そうとすら思わない。

隠す気のない足跡を追いかけ、辿(たど)り着いた先は……ハナを連れ出す時に初めて訪れた番外区の『花園』。中央に佇むドーム型の建物に、フレアは静かに足を踏み入れる。

眼前に広がる一面の緑。這い回る蔦の隙間を縫って神秘的に降り注ぐ月の光。

冷たく蒼白なスポットライトの下に、フレアが探していた少女は横たわっていた。

以前ここで見た時と同じように……結晶ひしめく胸の内を晒して。


「……珍しい客だな」


目の前の光景に見とれていたフレアを背後から突き刺すような冷たく鋭い声。

「……っ!?」

振り返って身構えると、声の主にして花園の住人……そしてハナを造り出した女性、鈴木椿が嘲笑を浮かべて立っていた。

「はっ、随分怯えてるな。忍び込んだのがバレたら殺されるとでも思ったのか？　安心しろ、作業の邪魔をしないならお前ごときどうでもいい」

硬直したフレアの横を悠然と歩き、椿はハナの傍らに膝をつく。そして、切り開かれた胸の穴から赤黒く変色した共心石結晶を除去する「作業」に取り掛かり始めた。

「……で？　鉄の国の負け犬アイドル様が、ここに何の用だ」

「な……っ」

「この特効薬のおかげでレインが人間に戻って、めでたく連敗記録が止まった礼でもしに来てくれたのか？」

「……前会った時から思ってたけど、よほど人の神経を逆撫で（さかな）するのが好きみたいね」

安い挑発に乗る意味はないと嘆息してから、フレアは横たわるハナに視線を向ける。

「……その子が夜な夜な家出を繰り返してるのが噂（うわさ）になってたから、確認に来たのよ」

脱走者の正体。それは、椿の「作業」のために、研修生たちが寝静まった時間に『鉄の国』を抜け出してこの花園へと帰ってきていたハナのことだった。

「驚くようなことでもないだろう。コレは疲れないし眠らない。お前の国には脱走者を傷つけるような仕掛けもあるようだが、痛みも感じず血も流れないコレにとっては足止めにもならない。外皮の修復の手間はかかるが、胸の穴を塞ぐのと大差ない」

「……っ」

化け物。そんな単語が口をついて出そうになる。

彼女は……ハナは、椿が共心石から造り出したヒト型の「星眩み（ほしくら）特効薬」だ。

人間でないことは事実として知ってはいたが、改めて眼前の光景……胸を切り開かれてなお血の一滴も流さず石像のように動かない姿を見ると実感が強まる。

「話は終わりか？　ならさっさと帰れ」

「……私に知られても、痛くも痒（かゆ）くもないって顔ね」

本当なら、ハナの正体はもっと厳しく秘匿すべきもののはずだ。

まるで人間と変わらない姿で、歌や踊りを覚えられて、食事も睡眠も必要とせず、疲れることもなく動き続けられる人形（アイドル）。そんなものが人の手で造り出せるということは極端な話、一個人が軍隊を保有するのと大差ない。

それに加えて、『橋の国』だけが治療法を知っているはずの星眩み（ほしくら）に対する特効薬でもある。そんなものの存在が広く知られたら、星眩みの治療院は商売にならないはず。

「当然だろう。お前もレインも、コレのことは誰にも話さない」

「……随分信用してるのね」

「信用？　違うな。作り物の道具にライブが務まることが知れ渡ってしまったら、お前たちアイドルの存在意義が無くなるからだ。四六時中踊り続けることもできず、いちいち食事や休息が必要で、時には病に罹（かか）って使い物にならなくなる……そんな生きた人間のアイドルなど不要になる。だからお前は誰にも話せない」

手元から視線を動かさないまま淡々と語る椿（つばき）に、フレアは返す言葉を失（な）くした。

自分では、星眩みの存在をアイドルに知られないためにハナの正体を隠しているつもりでいた。だが、例えば総帥のような人間が人造アイドルの存在を知ったら、フレアたちはすぐにお払い箱になるだろう。

使えなくなった道具（アイドル）は、捨てられるだけだ。

「……ま、そんな簡単にぽんぽん造れるようなモノじゃないがな」

椿はそう小さく呟(つぶや)いて、舌打ちをしながら何個目かわからない赤黒い結晶を取り出して放り捨てる。

「日々の調整が大変なんだ。特にお前の国に移ってからは不要なノイズばかりが溜(た)まる。『寂しい』、『不満』、『焦り』ばかりが毎日毎日。よっぽど劣悪な環境なんだろうな」

「……そうね、否定しないわ」

ハナの過ごす『鉱組(アラガネぐみ)』の日々は、かつてフレア自身も体験した壮絶な環境だ。

「何より、正の感情が……レインへの憧れや愛情がまるで育っていない。あいつは何をしているんだ。一緒に歌うんじゃなかったのか」

苛立(いらだ)たしそうに愚痴をこぼす椿に、フレアは告げる。

「……レインは『特別訓練場』に送られたわ」

ここへ来たもうひとつの目的を果たすために。

「何だそれは」

「アイドルの牢獄(ろうごく)よ」

端的に答える。『鉄の国』の人間がどれだけ建前を掲げようと、あの場所はフレアにとっては紛(まぎ)れもない牢獄で、地獄だった。

「……『特別訓練場』送りは一週間の予定だけど、……レインはもう、二度とあそこから戻って来られないかもしれない」

「……ちっ。何をしているんだ、間抜けが……」

多少の停滞には目を瞑るつもりでいた椿だったが、レインが戻って来られないというのであれば少々面倒な状況だ。

このままレインとハナが再会できなければ、ハナの正の感情の成長は滞り……やがてはレインを失った孤独や寂しさでハナの胸が埋め尽くされてしまう。

一花からコピーした正の感情を育てて満たすはずだった器は、除去しきれないほどの負の感情に上書きされ、特効薬としての機能も損なわれる。

そうなれば、またレインと出会う前……ゼロから作り直しだ。

そしてその2号機が、再びレインのような「キラキラ」と奇跡の出会いを果たすのを待つ……だなんて悠長な再試行を、一花の症状の進行が待ってくれる保証もない。

「……それで。お前の用件は何なんだ。まさかレインをその牢獄とやらから助け出してほしいとでも言うつもりか？」

「私ならハナに接触できるわ」

ほのかな焦りを帯びた椿の問いに、フレアはゆっくりと首を振って答えた。

その言葉を聞いて初めて、椿の目がフレアの方を向く。

「正の感情を育てられるなら、レインである必要はないんでしょう？　教えて。私は何をすればいい？　どうすればこの子は星眩みの特効薬になってくれる？」

その瞳に静かに揺れる炎は、語らずとも雄弁に訴えていた。

どうしても治したい人がいると。

「……ほぉ」

同じだった。

月明かりの下、煌々（こうこう）と燃える赤い瞳。

一花を奪われた椿と同じ……大切な人を星眩（ほしくら）みに奪われた人間の怒りと憎しみと復讐（ふくしゅう）の炎が、フレアの瞳には宿っていた。

◇

翌朝。

「は、わわ……こ、これ、ゆ……夢です……!?」

唐突に訪れた人物に、『鉱組（アラガネぐみ）』一四号室の室長を務める研修番号１１３６番はぱっちりと目を見開いて固まっていた。

「……今日からしばらくの間、君たちのレッスンを預かることになった、臨時指導官のフレアよ。よろしく」

朝陽も遠慮するような美しい佇まいで少女たちの目の前に立つのは、全研修生の憧れの的……『鉄の国』最強、不撓不屈の炎、フレア。

「ふ、フレア先輩に直接レッスンを見ていただけるなんて……っ！」

感激に震える研修生たちの期待の眼差しに、フレアは小さな微笑みを返す。

警備員など、一部の人物間で脱走騒ぎが噂になっていた『鉱組』。監視の目を強めようにも、脱走の疑惑そのものを大々的に公表できなかった『鉄の国』上層部だが、先輩アイドルであるフレアを指導官という形であてがえば怪しまれずに監視ができる。幸い、今回も無事に勝利を収め『特別訓練場』行きを免れたフレアには時間の余裕もある。

加えて『砂の国』がレインを失って弱体化した今こそ、研修生を育てて戦力を増強し、周辺各国に対して一気に攻勢に出るチャンスだ。

そんな建前を並べ立てたら、驚くほど簡単に臨時指導官を務める許可が下りた。

もちろん、フレアの本当の目的は別にある。

「わぁ……！　フレアさんのギラギラな歌やダンスを教えてもらえるってことですか!?」

研修番号1178番……ハナとの接触。

◇

「いいか。お前はレインの真似事をしろ」

昨晩、花園で椿から言い含められた言葉。

ハナをこれまで通り特効薬として育てるには、レインの立場に成り代わる必要がある。同じ憧れの視線を受けて、同じ愛の歌声を重ねて、同じ夢を追いかけて歩む……そうして、これまでレイン一人に対してだけ向けられていた「キラキラのアイドルへの憧れ」をフレアも得ることができれば、レインがいなくてもハナを薬として育てられる。

「お前はレインに勝ったんだろ？　なら実力は足りているはず。あとは気持ちの問題だ。例えば、レインと同じように笑顔で歌ったり、歌やダンスを心から楽しんだり、アイドルの個を尊重したり、道具でなく人間のように扱い、救い出そうと手を伸ばす……そんな英雄を、誰よりも輝く『理想のアイドル』を演じてみせろ」

「…………っ」

それは、フレアにとってはこれまで必死に否定し切り捨て続けてきた全てだった。

ハナを星眩みの特効薬にするためには、大嫌いな『人間』を演じるしかない……歌やダンスを楽しんで、笑顔で歌う自分の姿を想像するだけで、吐き気がする。

「不服そうな顔だな。私は別に、お前でなくとも構わないが」

「……っ、やるわ……私がやる。他の誰も、巻き込みたくないもの……」

「そういうことにしておいてやるよ」

◇

色めき立つ研修生たちに、フレアは柔らかく微笑んで告げた。

「臨時と言った通り、今回は試験的な取り組みだから、短い付き合いになってしまうと思うけれど……どんなに短い期間でも、私は君たちのことを番号で呼ぼうとは思わない。まずは君たちがアイドルになったら名乗りたい名前を。君たちの信念を、私に教えて」

「…………！」

予想もしていなかった言葉に驚きざわめく研修生たち。

そんな中、真っ先に声を上げたのは。

「はいっ！　ハナですっ！」

「……あんたはもう知ってるわ」

もはや挨拶のように元気に名乗ったハナに、フレアは一晩かけて作り込んだ苦笑を返す。

「は、はいっ……！」

ハナの勢いに続くように、先日レインを追ってここへ来た時に顔を合わせた少女……研修番号１１３６番、一四号室の室長が手を挙げた。

「どうぞ」

発言を促したフレアにまっすぐな憧れの視線を向けたまま、少女は声を上げた。

「あ、あたし……っ、ら……『ランタン』がいいですっ……！」

緊張と不安で声も手も震えている彼女に、フレアはにこやかに返した。

「いい名前ね、ランタン。今日から私もそう呼ばせてもらうわ」

「あ……っ、は、はい……！　ありがとうございますですぅ……！」

あまりの感動に涙目になっている1136番……改め、ランタンの姿に感化され、他の研修生たちもおずおずと心に秘めていた名前を名乗っていく。

フレアの笑顔も言動も、決して偽りばかりではない。

自分を慕ってくれる研修生たちを番号なんかで呼びたくないのは本心だし、彼女たちが憧れの目を向けてくれるのも素直に嬉しい。

……だからこそ、フレアはランタンが「ランタンという道具」の名前を口にしたことに、内心憤ってもいた。

――私たちは、アイドルは、道具なんかじゃない。

レイン(あんた)なんかに言われなくたって、そんなことわかってる。

この子たちは道具じゃない。番号なんかで管理されて、好き勝手に使われて、壊されて、捨てられるために頑張ってるんじゃない。

でも、この国に生きる限りどうしようもないのなら……せめて私だけは、彼女たちを対等な仲間として見てあげたい。

（……そう。本物の道具は……人間じゃないのはあんただけよ）

次々に名乗りを上げていく研修生たちの「熱」を、煌(きら)めく瞳で見つめるハナに、フレアは一人鋭い視線を向ける。

「……えへへっ。みんな嬉(うれ)しそう。キラキラしてます……！」

嬉しそうな笑顔を見れば見るほど、フレアには信じられなくなっていく。

こんなにも感情豊かに笑う少女が、人間ではないだなんて。

（……もう少しだけ、待っていて）

フレアの心の奥深く、今でも燃え続ける執念が……フレアを炎(フレア)たらしめてきた強く深い意志が、この場にいない誰かに向けてそう告げた。

レインはきっと、もう戻って来られない。ハナはもう二度とレインには会えない。

椿(つばき)も放っておけば使い物にならなくなると言っていた。

だったら私が、道具として正しく利用する。

それから数時間、フレアは『鉱組（アラガネぐみ）』のメンバーに技能面の指導を続けた。

ランタンたちの実力は、正直フレアが予想していた以上だった。

かつてフレアがいた頃は、走り込みや柔軟体操、ボイストレーニングといった基礎訓練を重点的に行っていたが、一四号室のメンバーは優秀なようで、アイドルとしての基礎的な能力は既に備わっていると言ってよかった。基礎体力も歌唱力も申し分なく、特にランタンは今のまま戦舞台（ウォーステージ）に立っても通用するレベルの技術があるように見えた。

とはいえ、当然と言えば当然のことかもしれない。研修生とは名ばかりの彼女たちは、戦舞台で負けた『鐵組（クロガネぐみ）』のアイドルが卒業すれば、すぐさま代わりとして補充される予備の兵器。何度負けても折れずに前線に立ち続けてきたフレアのような例外を除けば、『鉱組』と『鐵組』の間に技能面での大きな差はない。加えて、前線のアイドルたちが負けなくなれば研修生たちはそれだけ長く基礎訓練を続けられることになる。

大きく違うのは精神面（メンタル）。大勢の視線に晒（さら）されながらの舞台上でのダンスや、互いが互いの鏡となり粗を指摘し合う方針など、『鐵組』の訓練（レッスン）には心を削り合うようなものばかりが採用されている。

国のために戦う英雄（アイドル）に憧れて、浮ついた気持ちで『鐵組』へと昇ってきた少女たちを、国のために戦う兵器（アイドル）として洗脳し直し、最適化するための工程。

……そんなもの、ひとつも楽しいわけがない。

現にレインは折れた。数日間のレッスンで、ハナにも会えない日々の中で、敵意と孤独に圧(お)し潰されて心を閉ざした。……はずだったのに。

戦舞台(ウォーステージ)の後、レインはあろうことか総帥に対して牙をむいた。

ハナと並んで舞台袖に現れたあの時と同じ、眩(まぶ)しいほどの光を瞳に宿して。

ライブが始まる直前まで、レインは確かに心を失(な)くした兵器に戻りかけていた。かつての「最強アイドル・レイン」に近づいていた。きっと彼女の対戦相手、『砂の国』のクローバーというアイドルに何か言われて……息を、吹き返したんだろう。

――誰より、大切な仲間(アイドル)だよ。

(……うるさい)

どうして、レインばっかり。

大切なものをいくつも手に入れて、誰にも奪われずにいられるの。

私はこれまで何人も何人も何人も、その「仲間」を守れずに見捨てるしかなかったのに。

「……フレアさん？　フレアさんっ」

「……っ」

ハナの呼ぶ声に、ふと我に返る。

「お前、気安く呼ぶなです！　ふ、フレア先輩、顔色が良くないみたいです……平気ですか？　あたしたちのために朝早くから無理をさせてしまったなら……」

不安そうに目を潤ませるランタンの頭に、フレアはそっと手を乗せた。

「ひゃわんっ……!?」

「……心配してくれてありがとう、ランタン。少し考え事をしていただけよ」

「はっ、はひ……！」

「えへへ。ランちゃんはいい子ですね」

「ランタンです！　変な呼び方するなです！」

頭を撫でられたランタンはふにゃふにゃと大人しくなり、そんな様子を見てハナがにこにこ笑う。その姿が悍ましく思えて、フレアは咄嗟に表情を引き締めた。

「…………っ」

……いけない。私、今どんな顔でハナを睨んでいた？

いくらレインやハナが憎くても、それを表に出してはダメだ。

演じないと。ハナが望む理想のアイドルの姿を。

憎しみも敵意も、私たち道具には必要ない。自分でレインに言ったことだ。

心なんて、もうとっくに殺し慣れたものでしょう、フレア。

「今日は私が見れるのはここまでね。みんな、お疲れ様」

口角を上げ、イメージした通りの笑顔を作る。

「本当はもっと、各課題曲の練習とか踏み込んだメニューを用意したり、他のグループの様子も見ておきたいんだけど……私も、午後のダンス訓練があるから」

フレアたち『鐵組』には、今日も変わらず心を壊すための訓練が待っている。

レインもいない今、歌役を続けられるのはフレアだけだ。せっかくフレアが『特別訓練場』送りにされずに済んでいるのに、仲間たちの負担を増やすようなことはできない。

「さ、流石フレア先輩ですっ！　……けど、その……やっぱり大変じゃないです……？」

「平気よ。私、そんなにヤワじゃないから」

「っ……！　し、失礼しましたです！」

ぴしりと姿勢よくお辞儀をしたランタンが、何だか無邪気な子犬のように思えて、フレアは自然と口元が緩むのを感じていた。

彼女たちは、まだこの国を覆う闇の本当の深さを知らない。角灯程度の弱々しい灯りでは照らすことも叶わない、目の眩むような暗闇を。

何故なら、かつて『鉱組』にいた頃のフレアもそうだったから。

だからせめて今この時だけでも、彼女たちの笑顔を守らなきゃ。

一緒に戦うはずだったレインは、あの地獄に送られてしまった。残念だけど、彼女はきっと一週間も耐えられない。

かつてのフレアのような「絶対に負けたまま終わりたくない相手」が、今のレインにはいない。そんな状態であの無慈悲な光に耐えられるほど、レインの心は強くないはず。

……だからもう、私しかいない。

私が戦い続けるしかない。

これまでもずっと、そうしてきたんだもの。

◇

「お疲れみたいっすね、お嬢」

その夜、全ての訓練（レッスン）を終えて自室に戻ったフレアを、勝手にティーセットを広げて「女子会」の準備を始めていたシズが迎えた。

「……疲れてない。勝手に何やってるのよ」

「いやいや、急に慣れないことしたら疲れるに決まってるっすよ。素直に労（ねぎら）ってあげようってんですから、たまには付き合ってくださいな」

へらへらといつもの薄ら笑いを浮かべるシズに、フレアは溜（た）め息（いき）をついて応じた。

「どうせ何か用があるんでしょ」

「ほんの雑談っすよ。女子会には雑談がつきものでしょ?」

言葉では強がっても、確かな疲労が蓄積していたフレアの身体はハーブティーの優しい香りにつられてしまっていた。仕方なく受け取ったカップに口をつける。

「で、何すかァ『鉱組』の臨時指導官って。何も聞いてないんすけど?」

早速始まった「雑談」という名の尋問に、フレアは涼しい顔で答えていく。

「面倒臭がりのあんたに話を通したら、色々理由つけて無かったことにするのがわかってたからよ」

「えー? そんなことないっすよぉ、脱走者の噂は自分の耳にも入ってましたし。お嬢が可愛く頼み込んでくれてたらちゃんと協力しましたって」

そういう軽口が信用ならないと、わざわざ口に出す気にもならなかった。

「けど、お嬢らしくもないなと思って。お嬢って、弱者に手を差し伸べることはあっても、何かを教えるとか指導するとか、自分から積極的に近づくようなことは避けてばっかだったじゃないすか。一体どういう風の吹き回しっすか?」

突き刺すような言葉に、内心ドキリとする。

シズは周りが思う以上に、フレアのことをよく見ている。

「……別に。新しい目標が欲しかったのよ。『鉄の国』のアイドルとしてレインを倒すって目標はもうクリアしちゃったから、次に私が何をすべきかを考えただけ」

「うえー。お嬢はホント真面目っすよねぇ。何をするにも肩肘張って……もっと楽に生きたっていいのに」

「あんたのは楽じゃなくて自堕落でしょう」

確かに、とへらへら笑ってから、その表情のままシズは続けた。

「それともうひとつ。何で一四号室なんすか？」

声のトーンが下がる。恐らくは、こちらが本題なのだろう。

『鉱組』には一四号室以外にもたくさんのグループがある。しかしフレアは臨時指導官に名乗り出る際、名指しで一四号室を選んだ。

当然、ハナに近づくのが目的だったためだが……この言い訳に関しては、フレアも準備している。

「……脱走騒ぎの件。あそこには入ったばかりの異分子がいるでしょう。真っ先に怪しむとしたら、あの子しかいないからよ」

「ああ。１１７８番……『砂の国』のハナですか」

淀んだ瞳に浮かぶ微かな好奇心。シズはやる気がないように見えて、フレアや担当アイドルの身の回りの情報はしっかり調べ上げ記憶している。

「確かに、『鉱組』の訓練がキツくて故郷の国にこっそり逃げ帰りたいってのなら、脱走の理由としてはまあまあ納得できるっすねぇ。……けどそれだと、毎朝戻ってくる理由の方の説明がつかないっす」

「それは……」

「お嬢も聞いてるっすよね？　警備部は、研修生一人が脱走することじゃなく、逃げ道を作って一斉に出ていくことを警戒してるって。故郷に帰りたいだけなら一人で脱走するでしょう。知り合ったばかりの一四号室のメンバーまで一緒に逃がすような義理もない」

つらつらと説明するシズに、フレアは黙って聞いているしかない。

本当は、脱走騒ぎなど最初から存在しないのだ。

防護柵を越えて脱走の痕跡を残していたのはハナで、それは椿による「調整」のため。逃走経路の確保も、大人数での一斉脱走も、彼女は一切考えていない。腹立たしくも、『鉱組』での生活を楽しんでいる様子ですらある。

ただ、それを明かそうとすれば、ハナの正体についてシズに説明しなければならない。

気心知れたマネージャー相手でも、簡単に明かすわけには……。

「……というか。自分はてっきり、お嬢は１１３６番……一四号室の室長の子を疑ってるもんだと思ってたっすよ」

「……は？　ランタンを？　何で……」

「ラ、ラ、ランタン、っすか。たった一日ですっかり情が湧いたもんっすね」

嘲るような顔で口にしたシズに、フレアは胸の底に微かな怒りが湧くのを感じた。

「いい子っすよね。真面目で、リーダー気質で、仲間を引っ張る強さもあって、自分より他人のことばかり気にかける優しさもあって。本当、誰かさんにそっくりっす。『鉱組』にいた頃、大切なお友達のために脱走騒ぎを起こした誰かさんに」

「……ッ、黙りなさいシズ。あんたの服にしばらく取れないハーブティーの香りがこびりつくのは嫌でしょ」

「んー、火傷する方が嫌っすねえ。お嬢がお怒りなのは十分伝わったんで、これ以上は黙っとくっすけど……それにしたって『鉱組』の子にそこまで入れ込むのはやめておいた方がいいっすよ」

静かな怒りに震えるフレアの手を、シズがそっと握る。

「お嬢は『鉄の国』の全部をたった一人で抱え込もうとしてる。けど、こんなちっぽけな手で守り切れるものなんてたかが知れてるっす。これ以上守りたいものを増やし続けて、全部背負って歩こうとしたら……いくらお嬢だって、いつか必ず……潰れる」

「……っ」

突きつけられる、残酷な現実。

とっくにわかっている。こんなものは全部、自己満足だ。

憧れに目を輝かせる研修生たちを「名前」で呼んだって。

卒業したアイドル全員の名前を覚えていたって。

過酷なだけの訓練から、仲間たちの心を守ろうと足掻(あが)いたって。

負けて地獄に落とされるアイドルに、手を差し伸べたって。

星眩(ほしくら)みに堕(お)ちてしまった子たちの治療費を『橋の国』に送り続けたって。

どれだけ戦い続けて、勝ち続けて、『鉄の国』のために尽くしたって。

フレアは……道具(アイドル)は、英雄になんてなれない。

レインのように、欲しいもの全部手に入れて、守りたいもの全部守って、ずっと手放さずにいられる本物の英雄(アイドル)には、なれっこない。

――どうして、レインばっかり。

「……さっきも言いましたけど、もっと楽に生きたっていいんすよ。失うもんが無ければ不安も恐怖も生まれない。最初から夢なんて見なければ絶望に眩むこともない。道具だからじゃなくて、むしろ人間らしくいるために、感情なんて捨てた方がいいんす」

光のない濁り切った瞳で、シズはへらっと笑う。

確かに、日頃からそれを実践しているシズは、フレアが知る誰よりも人間臭い人物だ。歪(ゆが)んだ持論のくせに、妙な説得力があった。

「『鉱組(アラガネぐみ)』の子たちにだって、変な希望を持たせるくらいならもっと厳しく接した方がいいっすよ。中途半端に優しくすると、いざ戦場に立たされて現実と向き合った時に余計に傷つくことになるっすから。その子たちだけじゃなく、そう仕組んだお嬢自身も」

　実際には、ハナを薬にするために、レインに成り代わるために、「理想のアイドル」を演じるために選んだやり方。

　それがランタンたちに余計な夢や希望を与え、より深い絶望へ誘（いざな）うことになるというのだろうか。

「……だとしても……今更、私自身の生き方まで変えるなんて……」

「はぁー。ほんっとお嬢はクソ頑固で堅物っすよね。まあそういう強さも含めて、ずっと見てきた自分が一番よくわかってるつもりっすけど」

　強くなんてない。本当に強かったら、こんなにたくさん取りこぼしてない。

「ま、一人で色々抱え込むのもしんどいでしょうから、たまにはこうやって吐き出してくださいよ。これでも、自分はお嬢の味方のつもりっすから」

「味方？　……あんたが？」

「味方っすよ。地獄までついてくのは御免だけど、せめて骨は拾ってやろうかなってくらいには。ま、お嬢が骨になっちゃったらこの国マジで終わりっすけどねぇ。あっはっは」

「……よく笑って言えるわね……」

　呆（あき）れて溜（た）め息（いき）をつくフレアの表情は、先程シズに食って掛かった時に比べれば大分柔らかくなっていた。

頼もしいとは到底思えないが、味方でいてくれるというのは素直に助かる。

「ねえ、シズ」

だから、ほんの少し気が緩んだのだろう。

この秘密を、シズに教えても大丈夫かもしれないと、一瞬だけ思ってしまった。

「共心石(シンパシウム)の塊が、人間みたいに意思や感情を持つって……あり得ると思う？」

そこまで口を滑らせてから、フレアはハッとしてシズに目をやった。

ハーブティーを口に運ぼうとしていたシズの手からカップが滑り、中身を盛大にこぼしながら床に落ちて、パリンと音を立てて割れた。

「どぅあッッつ!?」

「な、ちょ、ちょっと何やってんのよ!?」

「あ、あはは っ、さーせんさーせん、ちょっとビックリしたもんで……」

「そんな驚かせるようなこと言った……!?　と、とにかく拭かないと！」

「あーあー、自分がやるっすから……このカップ気に入ってたのになぁ」

フレアが衣装棚からタオルを持ってきて、二人でお茶をこぼした服と床を拭いてカップの破片を片付ける。

……まさかこんなに焦るなんて。シズはハナの正体について、何か感付いているのだろうか。だとしたら墓穴を掘ってしまったかもしれない。

「……あの、お嬢」

手を止めずに遠慮がちに口を開いたシズに、フレアは平静を装いながら向き直った。

「それって、もしかして……『赤の一票』の話っすか」

全く見当違いな単語に、フレアは思わず拍子抜けしてしまう。

「……は？　いや、違うけど……」

「違うんかァァい！　何すかソレ！　割って損したっすわ！」

「な、何怒ってんのよ……？」

シズの態度に困惑しつつも、フレアは彼女がハナの正体を知らなそうなことに内心安堵(あんど)していた。

赤の一票。

それは、かつてフレアが立ち続けてきたレインとの戦舞台(ウォーステージ)において、満場一致の青一色の中で、何故(なぜ)かたったひとつだけ赤く光り輝いていた共心石。

『最終演目、『砂の国』レイン対『鉄の国』フレア。勝者、レイン』

何度も聞かされてきたアナウンス。

無慈悲に敗北を言い渡す戦場の色は、いつも青。いつも雨。

一体いつになったら、私はこの高みに届くんだろう。

舞台の上に膝をつく少女の視界を、力の差を思い知らせるかのように覆い尽くす青の中。

じっと見つめる視線の先で、いつもその『一票』は輝いていた。

まるで、たった一人でフレアを応援してくれるみたいに。

何度も何度も、折れかけたフレアの心を支えてきた。

憎悪だけが、敵意だけが、怒りだけが。豪雨に晒(さら)された炎を、何度でも燃え上がらせ続けたわけではない。

あの『赤の一票』があったから。か細い一縷(いちる)の望みでも、勝てる見込みがあると信じ続けてこられたから、フレアは何度でも立ち上がり、挑み続けられた。

もし共心石(シンパシウム)がハナのように人間らしい感情を持つというのなら、あの『赤の一票』も明確な意思を持ってフレアを応援してくれていたのだろうか。

そんな空想を蹴飛ばすかのように、シズは嘆息しつつ言い放った。

「石は石っすよ。感情なんてあるわけない。……大体お嬢は、もし共心石に感情なんてもんがあったとしたら、『紅の太陽』を許せるんすか？」

「……くだらないこと聞かないで」

「先に聞いてきたのはお嬢じゃないっすかぁ。もー、驚き損っすよ……結局匂い取れなくなっちゃったし」

「わ、悪かったわよ……」

責め立てるようなシズの目から顔を逸らしながら、フレアは思い直す。

どんなに人間らしく見えたとしても、ハナは共心石だ。

どこまでいっても石は石、道具は道具でしかない。

だからこそ、情など捨てて心置きなく利用できる。

（……そうだ。私が許せないのは……共心石だ）

共心石に奪われたものを、共心石を利用して取り戻す。

シズを巻き込もうとしたのも、一時の気の迷いだ。そうする理由も必要性もない。

これは、私の……私だけの復讐なんだから。

……レイン。あんたには悪いけど、ハナは私が貰っていく。

文句があるなら、その地獄から這い上がってきてから言いなさい。

◇

「よい……しょっ！」

翌朝。日の昇る前、まだ誰も起きてこないような早朝に、『鉄の国』の外周防護柵をよじ登る人影があった。

分厚いコートのような上着を羽織ったその影は、茨のように尖った無数の棘をものともせず器用に登り、てっぺんまで登りつめてから、

「えいやっ！」

掛け声ひとつで飛び降り、『鉄の国』側の地面にふわりと着地した。

「……あれっ？」

その一部始終を険しい顔で仁王立ちしながら見届けていた人物に気づき、影は元気に大きく手を振った。

「フレアさーんっ！　おはようございまーす！」

柵を乗り越える現場を目撃されたというのに気にも留めず、ぶんぶんと手を振りながら近づいてくる少女……ハナに、名前を呼ばれたフレアは溜め息をつく。

「……おはよう」

もはや何も言うまい、と諦観を苦笑に変え、フレアは挨拶に応じた。

「あれっ、フレアさんのご指導のスケジュールって……」

「まだ二時間くらい先よ。今は見回りに来てるの。……訓練時間外に勝手な行動してる不審人物がいないかどうかをね」

「えっ、そんな人いるんですか!?　面白そう！　会ってみたいです！」

嫌な予感がして警備部に頼み込み、早朝の見回りを請け負ったフレアだったが、こうも

堂々とした侵入現場が見られるとは思っていなかった。他の人に見つかっていなくて良かったと、フレアは胸を撫で下ろす。

「……その服は？」

「あっ、これですか？　お母さんが持たせてくれたんですっ！　柵を越える時にケガしないようにって！」

満面の笑みで話題に出した「母親」が、彼女を娘などとは微塵も思っていないことも、フレアは知っている。

「そう。良かったわね」

貼り付けた笑みで中身のない言葉を告げる。

「……けど、柵を越えるところを他の人に見られたら大変だから、今度からはもっとこっそりやりなさい」

「フレアさんに見つかっちゃいましたけど、いいんですか？」

「……私はいいの。あんたの……味方だから」

煮えたぎる憎しみを薄氷のような笑みの下に隠して、心にもない言葉を繕う。

特効薬を手に入れるためだ。くだらない感情なんて全部封じ込めろ。

「ふふっ……ありがとうございます。フレアさんは、すっごくまっすぐですよね」

「……まっすぐ？　私が？」

「はいっ！」

そのまま二人、連れ立って『鉱組』の訓練場へと向かいながら、他愛ない会話を続ける。

「レインちゃんは時々、迷ったり、落ち込んじゃったり、自分の気持ちをうまく言葉にできなくなっちゃうときがあったんです。……でも、フレアさんはずっと同じ目標に向かってまっすぐで、いつもギラギラ、メラメラって感じで。だけどランちゃんやみんなの前ではなんだかあったかくて、ポカポカしてて……」

「何が言いたいの……？」

「えーっと……レインちゃんの歌は、キラキラの優しい雨なんです。けどフレアさんの歌は、ポカポカであったかい、まるで……」

「買い被り過ぎよ」

その先の言葉を聞くのが恐ろしかったかのように、フレアは強引に遮った。

「わたしはフレアさんの歌、大好きですよっ。わたしだけじゃなくて、一四号室のみんなも……きっと『鉄の国』じゅうのみんなが、フレアさんのことが大好きなんです」

ああ、この笑顔が嫌いだ。

見れば見るほど眩しくて、嫌になる。

どうしてあんたは、あんたたちは。

こんな世界で、ずっと楽しそうに笑っていられるの。

「暗い気持ちになっても、落ち込んじゃうことがあっても、フレアさんが『私はここにいるよ』ってメラメラ燃えてるのを見て、みんなパワーを貰えるんです。フレアさんはきっとそういう、みんなに愛されるアイドルなんだと思いますっ」

「……そう」

最悪。

もしハナの言う通り、フレアの歌が『鉄の国』のアイドルたちにパワーを、「熱」を与え続けるというのなら……フレアが歌うのをやめない限り、戦いは永遠に終わらない。

燃え盛る火が蝶を誘い、その翅を黒く焦がすように。仲間のはずのアイドルたちを煽り立てて次々戦場に送り出しては、眩ませて、二度と飛べないようにして。真っ黒に降り積もった骸の上で一人、まだ歌い続けて、踊り続ける。

まるで『鉄の国』が、あの『太陽』が、壊れるまでアイドルを使い潰して、心が消し炭になるまで焼き尽くすのを、手伝っているみたい。

……炎には、お似合いの役割。

「わたし、またフレアさんと同じステージに立ちたいです」

俯いて歩くフレアの隣で、ハナが笑顔をより一層輝かせる。

「あの日のライブ、本当に楽しかったんです！　だからわたしも、もっともっともーっと頑張って……ステージに立てるようになりたいっ。そこに、クローバーさんやフレアさんやランちゃん、わたしの大好きなアイドルのみんながいてくれたら、きっともっと素敵なライブに……最高のライブになると思うんですっ！」

空の色と同じに、淡く柔らかく煌めく瞳。そのまっすぐな視線の先には。

「……でも、隣はやっぱり、レインちゃんがいい」

遥か彼方、巨大工場の頂……『紅の太陽』が今日も変わらず輝いていて。

「…………ッ!?」

その瞳に、フレアは戦慄した。

ハナには何も教えていない。

レインが今『特別訓練場』にいることを、彼女は知らないはず。

聴こえているはずがない歌声が。見えているはずのない光が。

この子には、全部……？

「わたしは、まだまだ足りなくて。わたしの小さな歌声じゃ、まだまだレインちゃんの所までは届かなくて。レインちゃんは本当にすごいアイドルだから……おいてかれたくない。だからわたしもたくさんレッスンして、すごいアイドルになって、『クロガネ組』になって、レインちゃんの隣まで追いつかなくちゃ！　わたしだって、メラメラですっ！」

うおおー、と一人勝手に燃え上がるハナを、フレアは心底眩(まぶ)しく思った。

この子を人間じゃないと思い込もうとすることが、罪深くさえ感じた。

（……違う。私は、こいつを利用して……そうしないと……）

そんな葛藤も露知らず、ハナは無邪気に笑いかける。

「だから、歌もダンスも、もっともっとたくさん教えてください！　よろしくお願いします、フレア教官っ！」

「……教官はやめて」

「はい、フレアさんっ！」

つい雑談しながら歩いてきてしまったが、そろそろ目的地……『鉱組(アラガネぐみ)』の訓練拠点に辿(たど)り着く頃だ。

しかし、見慣れたはずの荒野はなかなか見えてこない。『紅の太陽』が見える場所で道に迷うことなんてそうそうないはず。加えてここは、『鉱組』時代にフレアがかつて暮らしていた庭のような場所でもある。

（……おかしい。……この国に、こんなに花が咲いてる場所なんて……）

「着きましたよ、フレアさんっ」

「…………え？」

困惑し固まるフレアの横を、跳ねるような足取りでハナが駆けていく。

「みんなっ、おはようございまーすっ！」

そこには、目を疑う光景が広がっていた。

「あっ、ハ、ハナお前！　また一人で勝手に走り込みに出かけ……って、わわ、ふ、フレア先輩!?　お、おはようございますですっ!?」

フレアが告げた訓練開始の時間までは、まだ二時間近くあるのに。

荒れ地だったはずの場所に、いつの間にかまばらに咲いた花の中。

研修生たちが、みんな揃って起きてきて、各々自主トレやウォーミングアップに励んでいた。一四号室の子たちだけじゃない、他の部屋のメンバーまで。

一人ではできないストレッチを協力して行ったり、難しいステップを確認し合ったり、声を揃えて発声練習をしたり。

誰もがみんな……楽しそうな笑みを浮かべて。

「あ、あのっ……あたしたち、ふ、フレア先輩のご指導が本当に楽しみで……。も、もっと色々教えてもらいたくて。ハナの提案で、早起きして基礎練終わらせて、少しでも先輩の負担を減らそうって。か、勝手にごめんなさいです……でも、あたしたち、万全の状態でフレア先輩のご指導を受けたくてっ……！」

あれこれ弁解しながらも熱っぽく話すランタンの声が、なかなか頭に入ってこない。

彼女たちは、『鉱組』。

過酷な生活環境の中で、数少ない昇格枠を奪い合う敵同士のはず。

それがこんな、和気藹々とした雰囲気で、笑顔で仲良く楽しく練習に勤しんで。

──中途半端に優しくすると、いざ戦場に立たされて現実と向き合った時に余計に傷つくことになるっすから。

（……私の、せいで……？）

こんなの、望んでいないのに。『鉄の国』のアイドルには、馴れ合いなんて、楽しさなんて、笑顔なんて必要ないのに。

（……っ違う……！）

楽しげな賑わいの中心で、誰よりも眩しい笑顔を咲かせる少女をフレアは睨みつける。

（全部この子の……ハナのせいよ……！）

それがこの子の力なんだろう。星眩みを治す特効薬として造られたハナは、レインの心を治してくだらない感情なんかを与えたように、誰もを笑顔にしてしまえるのだろう。

私にできなかったことが、この子には平然とできてしまうんだろう。

なんて羨ましい。なんて妬ましい。

賑やかな空気の中で、笑顔で楽しそうに歌うハナ。

あんたはそれでいいかもしれない。焦りや寂しさばかりを募らせていくより、こうして楽しい時間を過ごした方が、特効薬としての完成は早まるのかもしれない。

けど、それに巻き込まれた『鉱組』の子たちはどうなる？

笑顔なんて覚えたら。馴れ合うことに慣れてしまったら。

いつまでも一緒にはいられない相手と、一緒にいたいなんて思ってしまったら。

互いに傷を舐め合って、足を引っ張り合って、一緒に地獄まで落ちるだけだ。

レインがハナと一緒に歌ったせいで負けたように。ハナと離れ離れにされたレインが弱くなってしまったように。

失くしたくない仲間ができてしまったら、一人で歌うことが怖くなる。

舞台の上で、強くいられなくなる。

そうなったら終わりだ。この国では、兵器は強くなくてはいけない。弱くなって使えなくなった兵器は、壊されて、捨てられて……また次の生贄が選ばれる。

ハナがいる限り、犠牲者が増え続ける。

甘い花蜜が、鉄刀を錆びつかせてしまう。

（……私が止めないと。……私が、守らないと）

今にも血が出そうなほど強く唇を噛み締めてから、心配そうに覗き込んでくるランタンに話しかける。

「……ランタン。ちょっとだけ話したいことがあるの。いいかしら」

◇

一四号室の小屋から少し離れた広場まで、フレアはランタンを連れ出した。

「ふっ、ふれっ、あのっ、ひゃっ、フレア先ぴゃっ……」

ガチガチに緊張した様子のランタンに、フレアは柔らかく微笑(ほほえ)みかける。

「大丈夫よ。怒ったりしないから」

「ひぇっ、そ、そういうわけではっ……」

ランタンは、フレアの前では緊張してばかりだけれど、普段は生真面目で、小柄だけど体力があって、柔らかくも伸びやかな声質で、激しく力強いダンスも得意で……優秀なアイドルの資質がある。

一四号室の中でも……いや、『鉱組(アラガネぐみ)』の中でも、頭一つ抜けた実力。

もしレインが『特訓』に耐えられずに卒業したら、次に『鐵組(クロガネぐみ)』に選抜されるのはランタンだろう。

だからこそ、今伝えないと。

優しい色に煌(きら)めく彼女の瞳が、闇に眩(くら)んでしまう前に。

「みんなの早朝練習メニューは、ランタンが考えたの？」

「えっ、あ、は、はい！　昨日いただいた、フレア先輩からのアドバイスをもとに……！」

そうだと思った。ざっと見た限りでも、各々の弱点を的確に捉えた基礎トレーニング。日頃からメンバーのことをよく見ている、仲間想いのランタンだからこその考え。

「……『鉱組』のみんなのこと、ランタンはどう思ってる？」

「ふぇっ……え、えと……い、一緒の目標に向かって頑張る、な、仲間……です」

「でも、『鐵組』に上がれるのは一握りよ。みんなで仲良く一緒にはいられない」

「うくっ……」

答えを間違えたかと、不安そうな顔で口ごもるランタン。

「私が『鉱組』にいた頃、同じ部屋にいたメンバーは……もうこの国には一人も残ってない。アイドルっていうのは、それだけ過酷な世界なの」

涙目になってすっかり萎縮してしまったランタンの頭を、フレアはそっと撫でる。

「あぅ……」

「ごめんね、脅かしたいわけじゃないの。……けど、ランタン。今の優しいあなたのまま『鐵組』に行ったとしても、そこからはたった一人で戦い続けないといけない。仲間に手を差し伸べるような甘い子が、いつまでも生き残れるような世界じゃないの」

ステージの上では、アイドルはずっと一人きりだ。

自分で戦舞台に立つまでは、国を守るアイドルが英雄に見えるかもしれない。

だがそんなものは幻想だ。『鉄の国』のアイドルは、替えの利く道具でしかない。負けても助けてくれる味方なんていない。差し伸べる手も地獄の底までは届かない。だって私の伸ばしてきた手は、結局誰も救えなかった。

いつか失う運命が変えられないなら、仲間なんて最初からいない方がいい。

あの雨を見たから、知っている。身軽な方が、どこまでも飛べる……。


「ひっ、一人じゃないです。フレア先輩がいるですっ……！」


頭上のフレアの手をぎゅっと握り、ありったけの勇気と共に、ランタンは叫んだ。

「……っ、え……？」

「あ、あたしは、ずっとフレア先輩に憧れてきたです。フレア先輩を目標にして、フレア先輩みたいなアイドルを目指してきたです。強くて、まっすぐで、かっこよくて……レインなんかにも負けずに何度でも立ち向かって、最後にはやっつけた英雄(ヒーロー)なんです！　先輩は、あの『紅の太陽』よりもずっと眩(まぶ)しくて、世界中にだって届く希望の光で……！　だから、フレア先輩が一緒なら、あたしはどんな過酷なレッスンだって怖くないです！　先輩は、いつまでもずっとずっと、あたしの憧れのアイドルです……！」

今にも溢(あふ)れそうな涙で揺らめく、熱を帯びたランタンの瞳。

一気に吐き出した思いの丈が、優しい温もりが、優しい灯りが。

孤独と憎しみの暗闇で凍える、フレアの心を弱々しく照らす。


……ああ。私も、この子と一緒に歌えたら、どんなに。


芽生えかけた想いを、灯りかけた火を。

溜め息ひとつで吹き消し、フレアは静かに言い放った。

「ありがとう、ランタン。じゃあ、今日からその気持ち、全部捨てて」

「……は……い……？」

何を言われたのかわからないというような顔で、ランタンが硬直する。

「……アイドルは英雄なんかじゃない。戦いのための道具なの。私も、あなたも。余計な感情は重荷になる。笑顔は苦痛に、理想は落胆に、希望は絶望に変わって、パフォーマンスの枷になる。だからそんな感情は全部捨てて。それが、この国で『アイドル』になるための第一歩よ」

最悪。

ランタンたちには人間らしくいてほしかったから、番号で呼ぶことをやめたのに。

彼女の大切な感情を捨てさせて、兵器に仕立て上げようとしている。

『鉄の国』がしてきたのと同じように。

守らなきゃって言いながら、この手で壊そうとしている。

道具であってほしくないと思いながら、道具のように利用しようとしている。

「強くなりなさい、ランタン。……ハナは弱い。弱いからレインの足を引っ張った。彼女のやり方に感化されていたら、あなただっていつまでも強くなれない」

私は結局、レインのようにはいられない。

どんなに眩(まぶ)しい憧れを向けられたって、あなたのために歌ってあげられない。

だからランタン、あなたも私なんかに憧れるのはやめて。

……そんなの、許されないんだから。

「……フレア、先、ぱい……」

ランタンの頬(ほお)をぽろぽろと流れる涙から目を逸(そ)らすように、フレアは背を向ける。

「……話は終わり。さ、戻りましょう。そろそろ訓練(レッスン)の時間よ」

わざと大袈裟(おおげさ)に明るい声を装って、フレアは固く目を閉じた。

間違っても彼女の灯(あか)りが、この闇を照らしてしまうことのないように。

◇

その夜。

フレアによる一層洗練されたレッスンを受け、やる気のあり余った研修生たちがようやく疲れて寝静まった頃。

「……むぅ」

二人きりで話したフレアの言葉がずっと頭から離れず、寝付けずにいたランタンは、一四号室の布団が一人分もぬけの殻になっていることに気づいた。

「またですか……」

実は、毎晩ハナがどこかへ出かけていることにはランタンも気づいていた。ハナはいつも誰よりも遅くまで眠らず、誰よりも早く起きて自主練に励んでいる。

「……お前ばっかり、抜け駆けなんてずるいです」

寝巻の上に毛布を羽織り、角灯(ランタン)を手に小屋の外へ出る。

他の研修生たちはすっかり疲れて眠っている時間帯。誰もいない夜の静寂に耳を澄ますと、その声はすぐに聴こえてきた。

数日前から、何故(なぜ)かぽつぽつと見たことのない花が咲き始めた広場。夜中でも変わらず赤く輝く『紅の太陽』に向かって、ハナが歌っていた。

「……ハナ」

「あ、ランちゃんっ」

「ラ、ン、タ、ン！　ですっ！　……お前、疲れてないですか？　今日は一段と張り切ってたですのに」

ハナのスタミナは、ランタンから見ても羨ましいくらいに底無しだ。少し目を離すとすぐに自主練を始め、いつまでも楽しそうに歌っていられる。無尽蔵にも見える体力は、アイドルにとっては強力な武器のはずだ。

「平気ですっ。わたし、一日でも早くレインちゃんの隣に行きたいのでっ！」

「……そうですか……あたしは、もう少ししたら寝るですよ？」

「はいっ、おやすみなさい！」

「……お前もさっさと寝ろって意味です」

寝る間も惜しんで歌って踊って、憧れを目指して一心に進むハナの姿は、ずっと憧れてきたフレアというアイドルの背中と、なんだか重なるような気がして。

——彼女のやり方に感化されていたら、あなただっていつまでも強くなれない。

……本当に、そうなんですか？

フレア先輩の言う通り、ハナみたいなやり方じゃ強くなれないですか？

ハナは『鉱組(アラガネぐみ)』に来てから今日までの間、ずっと歌い続けて、踊り続けて。脅威に感じるほどのスピードで、上へ上へと走っていて。それすらも間違いなら、どう走るのが正解なんだろう。憧れや理想を目指すことが、感情を持つことが間違いなら、フレアは一体何を頼りに進み続けて、戦い続けてきたんだろう。

ランタンの憧れも、フレアに忠告されたくらいでは簡単に捨てられない。

——アイドルは英雄なんかじゃない。戦いのための道具なの。

本当に心の底からそう思っていたとしたら、自分たちを番号じゃない名前で呼んでくれるだろうか。あんなに優しい笑顔を向けてくれるだろうか。指導官としてアドバイスしてくれるだろうか。

誰よりもみんなの英雄でいたいのは、誰よりもみんなを道具扱いしたくないのは、フレアのはず。本当は、彼女こそが誰より一番の「仲間想い」なはずなのに。

「……むむぅ……」

フレアの言動が抱える矛盾に頭を悩ませながら唸るランタンに、ハナが何かを思いついたように唐突に声をかけた。

「あのっ。ランちゃんは、どうして『ランタン』って名前にしたんですか？」

「ほえ？　ど、どうしてって……？」

急に聞かれて戸惑うランタンに、ハナは柔らかい笑顔で告げた。

「名前は祈り、なんですっ。ランちゃんがその名前に込めた祈りを、わたしにも教えてほしいなって」

「……祈り……」

そういえば、ハナは前々から課題曲に勝手に名前をつけていた。わかりづらくなるから正直迷惑だったが、今思えばあれもハナの「祈り」だったんだろうか。

手に持った灯りをじっと見つめながら、ランタンはぽつりと口にした。

「……夜。暗がり。室内。雨の日。……太陽が届かない場所を、照らせるからです」

小さな灯火が、ランタンの顔をほのかに照らす。

可愛らしくはにかんだ、優しい笑顔を。

「フレア先輩みたいに、世界中を照らせるような強くて激しい光にはなれないかもですけど……ランタンの火は、雨や風じゃ簡単には消えないです」

誰かの心の暗闇を、優しく照らす小さな灯り。

誰かの心の氷を、優しく溶かすほのかな熱。

ランタンひとつあれば、この国をもう少しだけ明るくできる。

ずっと一人で戦い続ける憧れの炎が、安心して眠れる時間を作れる。

それが、ランタンの祈り。

「すっごく、素敵ですっ」

「む、むぅ……何でお前にこんなこと話してるですか……」

ハナが返した満面の笑みに、ランタンは照れくさそうに顔を背ける。

逸らした視線の先には、煌々と輝く『紅の太陽』。

赤い輝きに、思い出すのは今朝のことで。

「……でも、この祈りも全部捨てないと、強くなれないですか……？　フレア先輩みたいなアイドルには、なれないですか……？」

答える者のなかったはずの独り言に、俯いた顔を覗き込んだハナが元気よく答える。

「そんなことないですっ！」

「わわっ……!?」

角灯の光が照らすのは、満開に咲き誇った笑顔。

「わたしだって、フレアさんだって、ランちゃんだってみんなアイドルですっ！」

「あ、あたしたちはまだ研修生……」

「いいえ、誰だってアイドルです！」

「えぇえ……？」

自信満々に謎理論を展開するハナの勢いに、ランタンはただただ困惑するしかない。

「誰かに想いを伝えたい。笑顔で歌って踊りたい。大好きなアイドルの隣で、キラキラのステージを一緒に作りたい。そう思ったなら、誰だってみんなアイドルでいいと思うんですっ。だからランちゃんも、『鉄の国』の暗闇を照らしたいって祈ったその時から、もうアイドルなんです！」

「……何を、言ってるですか……」

呆れた声を出すランタンの胸の奥には、しかし確かな「熱」が灯っていて。

「『アラガネ組』にも『クロガネ組』にも、たくさんのアイドルがいるのに……この国のステージは、ちょっぴり窮屈だから。アイドルって、もっと自由でいいと思うんですっ」

力強い笑顔で、ハナはランタンの手を取り告げる。

「ランちゃんっ。明日の朝、ちょっとだけわたしに付き合ってくれませんか？」

第四章　心の色に輝いて

（……また、この夢）

赤くない空の下で、フレアは溜め息をついた。

すぐに夢だとわかるのは、この時間が二度と戻らないと知っているから。

――はじめまして。私は研修生の■■■番だよ、今日からよろしくね。

（……ええ。よろしく）

――ずっと一人じゃ寂しいでしょ。一緒に歌わない？

（……寂しいわ。一緒に歌って）

――つらいなら、逃げたいなら、逃げていいんだよ。

（……逃げたいわよ）

――一人が嫌なら、私が一緒にいてあげる。

（……一人にしないで。一緒にいてよ）

遠い記憶を一つ一つなぞりながら、言えなかった言葉たちを捨てていく。

どれだけ後悔しても、何度苛まれても。この夢が辿り着く先は毎回決まって絶望だ。

――ねえ。名前、呼んで。

（……月羽）

――そっちじゃなくて、あなたがくれたほう。

（……セレナ）

――ありがとう、フレア。

――フレアは負けないで。

――絶対にここを出て、アイドルになってね。誰よりも輝くアイドルに――

「……置いてかないで、置いてかないで……」

情けない掠れ声が聞こえて、夢はとっくに覚めたと気づく。

ベッドから身体を起こし、指先で目元を軽く拭う。

涙の感触はない。当然だ。とうの昔に乾いている。

「……もう少し。もう少しだから」

誰にともなく呟いて、立ち上がる。

特効薬さえ手に入れば、それで……。

「お嬢！　大変っす、お嬢っ!!」

朝の空気に似つかわしくない騒々しさが、部屋の扉を開けて飛び込んでくる。

「……うるっさいわね……。ノックくらいしてから入りなさいよ」

「いや、それどころじゃないんすよ！」

「こんな早朝から何なのよ。『鉱組（アラガネぐみ）』の訓練（レッスン）の時間にはまだ早い……」

「その『鉱組』が大変なんすよ！　とにかくついてくるっす！」

「……着替えるから出てって。その間に説明して」

「あーもー！　緊急事態なのに！」

声のボリュームを落とそうともせずに廊下に出ていったシズが、扉越しに怒鳴る。

「……『鉱組』一四号室の研修生が、居住区に向かったって連絡があったんすよ！」

パジャマのボタンを外す手が止まる。

「……何、ですって……!?」

◇

アイドルやマネージャー、および彼女らの生活や訓練に関わる大人たちが暮らしている『館』。百人をゆうに超える人数が日々生活している巨大施設だが、当然『鉄の国』の人口はそれだけではない。

居住区。館から少し離れた場所にある、アイドルとは何ら関わりのない大部分の国民が暮らす街。地上五十階の巨大工場を始めとした工場群を囲うように広がる街並みは別名『鉄の都』。文字通り『鉄の国』の国民たちの生活の中枢を担っている。

「……っ、何処にいるの……!?」

シズと共に居住区へと踏み込んだフレアは、必死で慣れない路地を見渡しながら研修生たちの姿を探していた。

「大体、あんたに連絡入れた警備部は何で見つけた時点で止めなかったのよ!?」

「お嬢の訓練の一環だと思ったたって言ってたんすよ！」

「そんなわけないでしょ……!?」

アイドルは、居住区などに入り込む理由がない。ここで暮らす人々とアイドルの間には、お互い何の関係もないからだ。

「……！　あの、すみません！」

出歩く人の少ない早朝に、ようやく道行く老人を見かけたフレアは慌てて声をかけた。

「こういう服を着た女の子を見かけませんでしたか」

自身のステージ衣装を指して問いかけたフレアに、老人はにっこりと答えた。

「おお、見た見た。ついさっき、向こうの広場に何人か集まっとるのを見たよ。何かの催し事かい？」

「……ありがとうございます！」

老人が指さした方向へ、全速力で駆け出すフレア。その後ろを、痩身で体力もないシズがぜえぜえと息を荒らげながらついていく。

「ま、待って、お嬢……ギブ……」

構っている余裕はないと路地を駆け抜けるフレアの目が、遠くの広場、早朝にしては多い人だかりを見つける。

そして耳慣れた課題曲のメロディが聴こえてきて、フレアは歯噛みした。

（遅かった……！）

居住区の一角、背の高い時計台が佇む広場。

集まった人々の中心で、歌とダンスを披露する少女たち。

ハナやランタン、そして『鉱組』一四号室の研修生だった。

「……っ、やめなさい！　何をしてるの！」

怒声が反響し、人々の目が一斉にフレアの方を振り向く。

「同じ衣装の子が来た」「あの子の歌も聞けるのかな？」「あれっ、でもなんか怒ってない……？」「と、とりあえず道空けた方がいいんじゃない？」

ざわめく住民たちをかき分け、フレアが騒ぎの中心へと歩いていく。

「おはようございますっ、フレアさん！」

「あっ……ふ、フレア先輩……！」

不安そうに縮こまったランタンと、笑顔で堂々と手を振るハナ。怒りの表情でずかずかと歩み寄ったフレアが、ハナの腕を掴んで引き寄せる。

「……これはどういうつもり……!?」

「サプライズ路上ライブですっ。フレアさんもご一緒にどうですか？」

「ふざけてるの……!?」

間近で凄まれてなおニコニコと笑顔を崩さないハナをフォローするように、ランタンが横から遠慮がちに声をかける。

「あの、フレア先輩。ハナだけのせいじゃないです……っ。あたしたち、基礎練だけじゃなくて、実戦経験も積みたいって思ってて。ハナはよく『砂の国』の街中で歌ってたって聞いて。あ、あたしたちもハナみたいに、物怖じせずに歌う度胸をつけるために、居住区で路上ライブしてみようって話に……」

みるみる小さくしぼんでいくランタンの声。

やってはいけないことをしてしまったという自覚があるのだろう。でも、今までのランタンなら「勝手な行動はやめるです」とハナを咎めていたはず。

危惧していた最悪の事態。ハナの笑顔に、言葉に、みんなが侵されていく。

「……っ、とにかく、今ならまだ間に合う。何も見なかったことにするから、すぐに解散して宿舎へ……」

フレアが言いかけたその時、広場の時計台が重く荘厳な鐘の音を響かせた。

「そこで何をやっている」

低く、冷たく、重く。圧し潰すような声。

金属製の杖が石畳を打つ音が、時報の鐘をかき消すほど鮮明に人々の耳に突き刺さる。

フレアにはそれが、まるで死神の足音のようにさえ思えた。

振り返った先、人垣の向こう。

「総……帥……ッ」

『鉄の国』の最高権力者である初老の男性が立っていた。

先程まで見知らぬ少女たちの歌声に興味を惹かれ沸き立っていた住民たちは、みな水を打ったように静かになり。

道を作るように割れた人々の間を、杖をつきながら歩いてきた総帥は、周囲の状況を察したのか、フレアとハナたちに向けて端的に一言問いかけた。

「首謀者は?」

　ひっ、と小さく息を呑む音がフレアの背後から聞こえる。『鉱組』の研修生たちには、総帥と接する機会などない。しかし、彼が何者か、何を告げる人物なのかを本能的に感じ取ったように、その威圧感に怯えていた。

　颯爽と手を挙げて答えた、ただ一人を除いて。

「はいっ！　わたしですっ！」

　笑顔で元気よく答え、一歩前に進み出たハナに、総帥は変わらず冷たい声で問い詰める。

「お前は何だ？」

「はじめまして、アイドルのハナですっ！　よろしくお願いします！」

　フレアやランタンだけでなく、集まった住民たちの顔もみるみる青ざめていく。

「……ハナ。レインとユニットを組んでいた『砂の国』のアイドルだったか」

「はいっ、そうです！」

「ではお前が企てたこの騒動は内部工作か？　『砂の国』の常識を我が国に持ち込み、民衆や研修生の思想汚染による弱体化を図ったということか？」

「…………？　？？」

　難解な言い回しに首を傾げてから、ハナはとりあえず元気よく答えた。

「はいっ、そうです！　みんなはわたしについてきてくれただけで、何も悪くないです！」

「ふぇっ……!?　は、ハナ……!?」

　それを聞いた総帥が、事態を見守っていた聴衆の方に向き直り、高らかに告げた。

「聞いての通りだ、国民諸君。ここで行われていたのは、『砂の国』の内通者による明確なテロ行為である」

　厳冬のように冷たく張り詰めた声に、誰もが凍えたように口を噤む。

「いいか、諸君。アイドルとは兵器で、ライブとは戦争だ。戦争は娯楽でも見世物でもない。楽しもうなどと思うな」

　それこそが『鉄の国』の真理。

　十二番鉱区街で有名人として迎えられたレインと違い、この街の人々は誰もフレアのことなど知らない。アイドルなど見たことがないし、『砂の国』と違ってライブが中継放送されることもない。居住区の国民とアイドルたちの生活は切り離され、交わることもない。

　彼らが知るのは、戦舞台の結果として得られた戦利品の多寡だけだ。

　総帥の剣幕に、ただ「聞いてはならない歌を聞いた」とだけ理解した人々は、先程までの笑顔も忘れ、一人、また一人と各々の生活に戻っていく。

「いいえ、楽しんでいいんですっ！　ライブは、アイドルにとっても、ファンにとっても、楽しいものなんですから！　そんな世界に、わたしが、わたしたちがするんです！」

　それでもハナは、理想を叫ぶ。アイドルが、一人でも多くの人に愛されるために。

「耳を貸すな。……フレア、黙らせておけ」

「……っ」

茫然と立ち尽くしていたフレアは名前を呼ばれて我に返り、ハナの口を手で塞いだ。

「……『砂の国』は、本当に野蛮な国家だ。ライブを、戦争を楽しむことを良しとするとは。レイン然り、敵国から鹵獲した兵器には、適切な再調整が必要なようだ。よって、本件の首謀者、ならびに賛同者に、無期限の『特別訓練場』行きを命じる」

「な…………!?」

冷たく告げられた事実上の死刑宣告に、驚愕したフレアの手が緩んだ瞬間。

「はいっ、ありがとうございますっ！」

ハナは、満開の笑顔で声高に感謝を述べた。

（……っ、まさか……！）

フレアの脳内で記憶が繋がっていく。


——レインは『特別訓練場』に送られたわ。

——アイドルの牢獄よ。


そう自分は教えてしまった。鈴木椿に向かって。

あの後ハナは聞いたんだ、母親から。

最初からレインが牢獄にいると知っていて。

何か騒ぎを起こして罰せられれば、自分もレインの所に行けると画策して。

……そんなことのために、ランタンたちを巻き込んだ……！

「通達は以上だ」

「……っ待ってください！」

淡々と告げて去ろうとする総帥を、フレアはほとんど叫ぶような声で引き留(と)めていた。

「こいつの……ハナの動向を制御できなかったのは、臨時指導官である私の落ち度です！　ランタンたちは巻き込まれただけの被害者で、此度(こたび)の事態はすべて私の監督責任によるものです……！　ですから、私が責任を……！」

「責任か。フレア、責任とは人間が取るものだ」

「…………ッ！」

吐息が震える。恐怖ではなく、怒りから。

「そもそもこの処置は、不要な感情を植えつけられ思想を汚染された兵器に再教育を施すのが目的。お前が身代わりに立ったところで何の意味もない。役割を間違えるな」

言い返す言葉もなく歯噛(はが)みするフレアの瞳が、業火のように揺らめく。

『太陽』に向けるのと同じ視線を、総帥に向けて突き立てる。

「良い眼(め)だ、フレア。その火を絶やすな」

表情ひとつ変えず、氷のように冷たい声音で総帥は口にした。

「お前のその憎しみが、我が国で最も鋭い刃(やいば)だ」

燃え盛る憎悪が、怒りが、己に向けられたものだと知ってなお意にも介さずに。

飼い主を噛み殺すために砥(と)いだ牙さえ、己の武器だと言ってのける。

「……以上だ。持ち場に戻れ」

誰にも破れない沈黙を残して、総帥はフレアたちに背を向け去っていく。

「……っ……！」

膝から崩れ落ちたフレアが、握り締めたままの拳を石畳の地面に打ちつける。

再教育など不可能だ。『特別訓練場』に送られて帰ってこられたアイドルは、あの施設が作られてから今日までの間、たった一人しか存在しない。だというのに、あろうことか総帥は「無期限」と言った。つまり最初から、壊すことだけが目的。

誰も助からない。この子たちは、みんな潰される。壊される。

……ハナ一人の、暴挙のせいで。

こんなことになるくらいなら、どうしてもっと早く、手遅れになる前に。

この手でハナを、壊しておかなかった？

『鉄の国』を脅かす毒だと気づいていながら、どうして。

特効薬だなんて浅はかな希望に、縋(すが)ろうとしてしまった？

蹲りながら、フレアは「敵」の顔を見上げる。睨みつけられたハナは、はるか上……巨大工場の頂に輝く赤い光を見つめながら、爽やかな顔で微笑んでいた。

「何、笑ってんのよ……!? あんたのせいで、みんながッ！」

「ふ、フレア先輩……っ！」

憎悪を吐き散らして凄むフレアを、ランタンが慌てて制する。

「は、ハナだけのせいじゃ、ないです……！ 一緒に歌おうって、あたしたちみんなで、決めたことなんです……！」

必死にハナを庇うその声は、しかし恐怖に震えていた。

「……どうして……」

どうして、こんな目に遭わされなくちゃいけないの。

この子たちは何も悪いことしてないのに。

アイドルが歌って踊ることの、何が悪いの。

たったそれだけで、あんな地獄に放り込まれて、心を灼かれて壊されて。

それの何が楽しくて、あんたはずっと笑ってるの……！

「ついてこい」

いつの間にか現れた係員の手で、ランタンたち一四号室のメンバーが連行される。

逃げることもしない。抵抗することもない。彼女たちには、「逃げてもいいよ」と教えてくれる人が誰もいなかったから。

ただ歌って踊れるだけの無知で無力な少女たちは、何もできずに青ざめた顔で、己の身に処される刑を待つしかない。

「大丈夫ですよ、みんなっ」

そんな中、ハナだけがたった一人、変わらぬ笑顔で高らかに宣う。

「キラキラ、ずっと聴こえてます。絶対、あそこにいるんです」

指差す先に、赤以外の色など見えない。

「わたしたち二人で歌えば絶対、絶対。何もかも大丈夫なんですっ」

何の根拠もない、中身もない、気休めにもならないその言葉に。

「……はいです」

涙で濡れたランタンの顔が、ほんの少しだけ綻ぶのを、フレアは見た気がした。

◇

広場に残されたフレアは俯いたまま、古びた記憶を思い返していた。

遠い遠い、ずっと前の話。

あなたは、私なんかよりずっと優秀な研修生だった。

「はじめまして。私は研修生の■■■番だよ、今日からよろしくね」

真面目で、リーダー気質で、仲間を引っ張る強さもあって、自分より他人のことばかり気にかける優しさもあって。他の研修生たちを敵としか思ってなかった私みたいなひねくれ者にも、分け隔てなく誠実に、まっすぐ手を差し伸べてくれた。

心が落ち着く、透き通るような歌声が大好きだった。

時折見せる、ちょっぴり困ったような微笑(ほほえ)みが大好きだった。

眠れない夜に、優しく包み込んでくれる温かい腕が大好きだった。

満月みたいな、まんまるでキラキラした黄金色の瞳が大好きだった。

唯一無二の親友だった。誰にも内緒で、本当の名前を教え合った。

いつか『鉱組(アラガネぐみ)』を出て、アイドルになってステージに立つ日が来たら、あなたの隣で一緒に歌いたいって思ってた。

同時に、私なんかじゃ、彼女の足元にも及ばないってわかってた。

「私……アイドルになんて、なれっこない」

嫌になってどれだけ燻(くすぶ)っても、立ち昇る煙は月まで届かないのに。

「つらいなら、逃げたいなら、逃げてもいいんだよ」

彼女はいつものように微笑んで。

「一人が嫌なら、私が一緒にいてあげる」

その優しさに甘えて、手を取って。すぐに後悔して。

無慈悲な茨(いばら)の鉄柵を越えて、傷だらけになりながら二人で走って。

なのに私が、私だけが、痛みに負けて情けなく蹲(うずくま)って。

「……大丈夫。置いていったりしないから」

そのせいで、結局二人とも見つかって、捕まって。

あの『地獄』に送られた。

期限は、どちらか一方が完全に動けなくなるまで。残った方の精神力を認め、『鐵組(クロガネぐみ)』に昇格させると告げて、私たちを連れてきた大人は重たい鉄の扉を閉じた。

赤い日は沈まない。何日経(た)ったかもわからない。

手をつないで歌い続けた。向かい合って踊り続けた。

何度も呼び合ったはずの名前さえも、意味を失(な)くしていった。

大切なあなたの名前が徐々に思い出せなくなっていった。

そんな恐怖に抗(あらが)うために、私たちはお互いに新しい名前を与え合った。

どれだけ心を太陽に灼(や)かれようとも、何度でも昇り安息の夜を告げる優しい月。

『セレナ』。

どれだけ沈みかかろうとも、何度でも燃え上がり絶えず燦然(さんぜん)と輝き続ける気高い火。

『フレア』。

途方もなく長い時間が過ぎて、あなたの歌が聴こえなくなった。

指先ひとつ動かせないほど疲弊した身体を、冷たい鉄の床に横たえる。

「……ねえ。名前、呼んで」

「……つ、……き…………」

「そっちじゃなくて、あなたがくれたほう」

「……セレナ」

「ありがとう、フレア。……フレアは負けないで」

あなたは、最後の最後まで笑ってくれた。

「絶対にここを出て、アイドルになってね。誰よりも輝くアイドルに」

そう言い残して、あなたの瞳は光を失くした。

おやすみ。そう声に出せたかどうかも、今ではもう思い出せなくて。

——その日から、フレアに夜は訪れていない。

◇

「……お嬢。戻りましょう」

　いつからそこにいたのか、シズが蹲るフレアに手を差し出した。

「今日のお嬢のスケジュール……『一四号室研修生の臨時指導』は、無期限の延期になりました。通常訓練の開始まで、部屋に戻って休息を取ってください」

「……あんたの言った通りになったわね」

　目も合わせず、手も取らず、俯いたままフレアは呟く。

「中途半端に優しくすると、後でお互いに傷つくことになる……って」

　その言葉には答えず、深く溜め息をついてから、シズは情報端末を取り出して淡々と番号の羅列を読み上げた。

「……１１３６番。１１４２番。１１５１番。１１５５番。１１６３番。１１７０番。１１７８番。……以上の研修生のことは、今日限りで忘れてください」

「……は……？」

「お嬢は元々、『鉱組』の研修生と関わり合う予定なんてなかった。『鉱組』なんだから、名前だって知ることもなかった。彼女たちは最初からお嬢と出会うことなく、何処か知らない場所で知らない間にいなくなる運命だった。そう思ってください」

「……無理に決まってるでしょ……！」

　拳を震わせながら吼えるフレアに、シズは冷めた態度で言葉を続ける。

「何の意味もない番号なら、じきに忘れます。お嬢だって、自分が『鉱組』にいた頃の番号も、その時一緒だったメンバーの番号も……もう覚えてないでしょ」

「っ、それは……！」

「……もうやめましょうよ。もっと楽にやりましょうよ。卒業していったアイドルだけでも数えきれないのに、そのうえあの子たちの名前まで抱えて帰るつもりっすか。……いい加減潰れますよ、ヘシ折れますよ。そしたら今まで覚えてたこと全部、全部。無意味になるんすよ？　ゴールなんて決まってないのに、お嬢はそんな重たいもん何処まで運んでいくつもりっすか……！　いつまでこんなこと続けるつもりなんすか！」

徐々に熱を帯びた声は、力なく蹲る少女に叫びとなって浴びせられた。

「いつまで……？　決まってるじゃない。全部、ぶち壊して。全部、取り戻すまでよ」

それでも、フレアの覚悟は変わらない。

誰よりも輝くアイドルに……誰にも負けないい最強のア、ア、アイドルいになって。

戦って、戦って、戦って。全てに勝って、全てを終わらせて。

勝ち取った全てを注ぎ込めば、「卒業生」……治療院に送られた仲間も全員帰ってきて。

それでハッピーエンドだ。

潰れない。折れない。壊れない。何度雨に打たれても、この炎は消えなかった。

道具でもいい。兵器でもいい。

私一人が戦って、他のみんなを守れるのなら。

絶対に折れない刀にだって、なってやる。

「…………っ、……え？」

決意と共に見上げた視線の先。

煌々と、赫灼と、燦然と、赤く輝く『太陽』……その上空に。

「……黒い……雲……？」

凶兆の如くに、暗雲がかかっていた。

「な、何すかアレ……って、お嬢!?」

シズが止める間もない速度で、フレアは立ち上がり走り出していた。

嫌な予感がする。何か、とても良くないことが起こる予感が。

◇

「わぁっ！　見たことないものがいっぱいで、何だか楽しい所ですね！」

『特別訓練場』へと続く工場の入り口で、ハナはきょろきょろとあたりを見回しては見慣れない機械に興味を向ける。これから待ち受ける運命を知らずにはしゃぐ少女の姿は、彼女たちを連行する係員たちに戦慄さえ覚えさせた。

やってはいけないことをすれば、罰を受ける。言葉も知らないような子供ですら本能で理解できる、シンプルな世界の理不尽。

「あの『太陽』があるのはもっとずっと上ですよね？　あそこまではどうやって行くんですかっ？」

なのに彼女は、この状況を心から楽しんでいる。『特別訓練場』に行けることを心から待ち望んでいる。恐怖から目を逸らしているのではなく、揺るぎない本心で。

ハナは許されないことをしたとも、罰を受けるとも思っていない。

アイドルとして歌っただけ。

これから向かう『特別訓練場』で、中断されたライブを再開するだけ。

「……っ、こっちだ。うろちょろするな……！」

ハナの態度に動揺しつつも、職員は屋上へと直通する鳥籠のような鉄柵の箱……昇降機へと七人の少女たちを連れ込む。

巨大な怪物の唸り声のような重く軋む音を立てて、昇降機が動き出した。

「ひ……っ!?」

内臓を地面に引っ張られるような未知の感覚に、ランタンたちの肩が跳ねる。

「わわっ!?　あははっ、何かこれっ、変な感じ！　ですっ！」

「お、おい、暴れるな……！」

そこまで広くない昇降機の中で、ハナは楽しそうに跳ね回り、くるくると器用にステップを踏む。その姿を見て、ランタンたちの心もほんの少し軽くなる。

大人しくしていることも勿論できる。だが、自分が明るく楽しく振る舞うことで、怯えるランタンたちを少しでも元気づけられるなら、ハナは当然そちらを選ぶ。

みんなと笑顔を分かち合う。みんなの心に希望を咲かす。

それがハナの目指す「アイドル」だから。

けれど、ランタンたちの恐怖はそれだけでは拭えない。むしろハナが無理して明るく笑っているように映るせいで、より一層この先に待ち受ける境遇が恐ろしく感じてしまう。

笑顔でいようとすればするほど、知り得ぬ地獄への恐怖は増していく。

「……ひぁっ……⁉」

誰かが悲鳴のような声を上げ、尻餅をついて倒れ込んだ。

「た、高いっ……！」

昇降機の骨組みの隙間から見えた外の景色。

赤く照らされた家々が豆粒のように小さくなっていて。

人間なら、生物なら、当然のように持っている恐怖心。命を守るため遺伝子に刻み込まれた防衛本能。

「わぁ……すっごく綺麗ですねっ！」

そんなもの備わっていないハナだけが、変わらない笑顔で瞳を輝かせた。

「ここから見える全部の家に、たっくさんの人が住んでるんですよね。……すごいなぁ……みんなに、届けたいな……！」

期待と昂揚で「アツアツ」になった胸の前で、ハナはぎゅっと両手を握りしめた。

「……いつも心に、花束を……」

大切なおまじないを口にして、そっと目を閉じ想いを馳せる。

とめどない熱が、胸いっぱいの「会いたい」が。今にも湧き出して溢れそう。

連れて行って、鉄の鳥籠。翼のないわたしを、雲の傍まで、空の上まで。

「到着、ですっ！」

昇降機が止まり、開いた仕切りが誘う暗闇へ、ハナは踊るように飛び出す。

もう呼びかける者すらいない。全員、ハナの足取りに見とれていた。

ずっと何かが聴こえているみたいに迷いなく、まっすぐに。暗闇の向こうへと駆け寄ったハナが、重く冷たい鉄の扉を開いた。

「…………っ」

視界を染めるのは、見る者の心を灼き尽くす赤。

ハナが初めてこの国に着いた時、夕陽と間違えた光の中。

どんなに眩い『太陽』の下でも、どんなに黒く厚い雨雲の奥に隠れても、絶対に見失うことのない優しい色を……愛と夢に満ちた『キラキラ』を、瞳の奥に湛えて。

「……ハナ？」

――少女がひとり、踊っていた。

「…………え……？」

忘れかけていた自分の名前を呼ばれて、虚ろな表情で振り返ったレイン。

「……っ、おはようございますっ、レインちゃん！」

再会に感極まったハナが、レインのもとへ猛ダッシュで駆け寄る。

「…………は……な……？」

掠れかけた声。虚ろに濁りかけた瞳。覚束ない足取り。

誰の目にも明らかなほど疲弊し、憔悴し、今にも止まってしまいそうなくらいに小さく弱々しく佇んでいたレインは、それでも。

「レインちゃんっ……！」

「……っ、わ……」

胸に飛び込んできたハナの身体を抱き留め、倒れることなくしっかりと受け止めた。

抱きしめて、目と鼻の先。赤く染まった世界に、一輪の花。

「……ど……う、して……?」

レインの嗄れかけた喉が一音一音微かな言葉を紡ぐ。自分の声さえも遠く霞んだ耳にハナの声が届き、暗雲に覆われかけた瞳にハナの笑顔が映る。

ここに連れて来られてから三日間、レインはずっと歌い続けていた。

自分が自分で在り続けるために。

自分の信じた「アイドル」を貫くために。

どんなに遠くても、迷わず、揺るがず、まっすぐに。

自分を信じてくれた、世界で一番大切な相棒に、届くように。

「えへへ。どうしても会いたくて、近道しちゃいましたっ」

そんなレインの想いは、ずっとハナの元に届いていた。

失くさないように拾い集めた雨粒の宝石を、両手いっぱいに握り締めてここまで来た。

ハナの温かい手が、冷たく凍えかけたレインの手を優しく包む。

「お待たせしました、レインちゃんっ。……さあ、一緒に歌いましょう!」

「えっ……で、でも……ふたりで、うたったら……」

どくん、と脈打つ心。

ハナの隣で歌ったら、心を重ねて歌ったら。

「はい！　二人で歌ったら、絶対素敵なライブになる！　……ですよねっ！」

「…………うん」

　本当はダメなのに。

　二人一緒に歌ったら、ハナを一花の薬に近づけてしまうのに。

　炎天下に渇き切ったレインの心に、それでもハッキリと残り続けた想いは。

「ハナといっしょに、うたいたい」

　あの日と同じ、とめどない鼓動。

　顔を上げて。二人、向き合って。やっと、目と目が合う。

　もう怖くない。もう迷わない。まっすぐ見つめられる。

　ずっと覗き込むのが怖かったハナの瞳は、やっぱりとても綺麗で。いつかと同じように、雲間に架かる虹の色に煌めいて。

　その七色の中から、レインは大切な色を見つけ出す。

「……ハナ。わたしね、みつけたよ。わたしのいろ」

　その宣言に呼応するかのように、レインの指に灯った微かな青い光が、鼓動を打つように明滅した。

　暗闇の中で歌ってしまってから、ずっと後悔していた曲。

　三日かけて向き合い続けて、やっと辿り着いた最初の祈り。

ハナと一緒に歌うのは初めての曲だけど……できれば一緒に歌ってほしい。

この雨が届く限りの場所に立っているみんなに、聴いてほしい。

その強い想いを受け取ったハナが、レインの隣に並び立つ。

二人の視界には、ランタンたちや職員、先にここにいた茫然自失（ぼうぜんじしつ）のアイドルたち。

全員が、これから起こる「何か」を見届けようと、二人に目を向けていた。

それだけで十分、ここは『Rain（レイン）×Carnation（カーネーション）』のステージだ。

レインの瞳に、澄んだ光が戻っていく。

鏡なんて無くても、自分の表情がよくわかる。

煌（きら）めきを取り戻した笑顔で、レインは高らかに「その名」を告げた。


「……『雨彩明路（あめいろめいろ）』」


昼も夜もない、星空も見えない真っ赤な地獄で、レインが見出（みいだ）した「自分の色」。

沈むことなく輝き続ける『太陽』に立ち向かえる、たったひとつの色。

虹よりも多彩で、夜よりも自由で、鏡よりも正直な、レインのキラキラの色。

アイドル・レインが生まれてから今日まで、こんな空の果てまでずっと一緒についてきてくれた最初の家族。暗闇の中で迷って、進むことも戻ることもできずに立ち止まるしかなかったレインを、光差すようにまっすぐに導いてくれた歌。

　レインの自由曲。

　そしてたった今、レインだけの歌ではなくなった曲。

　ハナがずっと憧れてきたレインの歌。一番最初にキラキラを受け取った歌。

　一緒に歌うのは初めてだけど、ちゃんと全部知ってる。歌える。楽しいっ。

　そんな心の声が聴こえてきそうな満開の笑顔で、ハナは嬉しそうに歌声を重ねる。

　それを見て、レインもまた柔らかな笑顔を返した。

「——…………」

　不思議と、その場の全員が聞き入っていた。

　レインを敵だと憎み続けてきたはずのアイドルも。

　絶望に眩みかけ、心などほとんど失くしてしまっていたアイドルも。

　アイドルを戦争のための消耗品としか思っていない大人たちも。

　不安と恐怖に心を塗り潰されたまま立ち尽くしていたランタンたちも。

　今この瞬間、レインとハナは、世界中の誰よりも『アイドル』だった。

　国家の兵器としてではなく。再起の約束のためでもなく。

　ただそこに集まった人々のために、全身全霊のライブを披露する。

　遠い昔、災害に絶望する人々に勇気と希望を与えるために歌ったという、かつての『アイドル』と同じように。

「……！　これ……何です……？」

ランタンの頬を濡らす、記憶にない雫。

ひとつ、ふたつ。屋上の冷たい鉄の床を、空から降り注いだ水滴が濡らす。

赤一色だった世界が、雨色の光に染め上げられていく。

ひとつ、ふたつ。少女たちの立つ鉄でできているはずの床に、花が開いていく。

重なり合った二人の歌声が、降り注ぐ愛と夢が。少女たちの恐怖を、孤独を、諦めを、絶望を洗い流し、笑顔の花を芽吹かせていく。

色を失いかけていた少女たちの瞳が、夜空に星の瞬くように光を取り戻していく。


やがて歌が終わり、二人のステップが止まった頃。

『紅の太陽』は、青色に光り輝き。

雨は止み、澄み渡る空には虹が架かって。

鉄の屋上は、小さな花畑になっていた。

まるでこの場所が地獄などではなく、天上の楽園であるかのように。

今この瞬間だけ、ここは「全てのアイドルが笑顔でいていい場所」……すなわち『花の国』に他ならなかった。

「……ありがとうございました」

歌い終えてお辞儀をした二人に、ランタンがハナから教わった拍手を送った。

他の研修生や二人の歌を聴いて心を取り戻したアイドルたちも、ランタンを真似して拍手をする。雨音に似た祝福が鳴り響く中で、レインはハナに向き直り囁いた。

「ねえ、ハナ。手、出して」

「はい？　……えっと、こうですか？」

ハナがきょとんとしながら差し出した左手、その薬指に、レインは彼女から預かっていたもう一つの『光る指輪』を優しくはめた。

「……うん。ぴったり」

「わぁぁ……っ！」

七色の光が躍るように煌めくハナの瞳。

その煌めきを受け取った指輪は、ふわり柔らかな薄紅色に……初めてハナと出会った日、リハーサルの時の共心石と同じ色に輝き始めた。

きっとこれが、ハナの心の色なんだ。

「こ、これっ、どうしたんですか!?　レインちゃんとお揃い……!?」

「ハナのファンになってくれた子からの贈り物だよ。お揃いで着けてるとこ、次の私たちのステージで、見せてあげないとだね」

「……！　はいっ!!」

飛び上がりそうなくらい喜んでくれた。

次のステージ。それは、レイン自身の誓いの言葉でもあった。

二人一緒でいいんだ。二人一緒がいい。

鉄の国も、特効薬も関係ない。

最高のアイドルになって最高のライブをするために、今度こそ二人で並んでステージに立つんだ。

ハナの瞳を見つめるのも、二人で一緒に歌うのも、もう怖くなんてない。

人間じゃないから何？　ハナは私と同じアイドルだ。

ステージを囲む共心石結晶(シンパシウム)も、『紅の太陽』も、お揃(そろ)いの指輪も、虹みたいに煌(きら)めくハナの瞳も。もう怖くなんてない。怖くないから、眩(くら)まない。

暗闇を彩る星と同じ。全部全部、綺麗(きれい)だ。

「……えへへっ……！」

嬉(うれ)しそうに指輪を見つめるハナの瞳の中に、青色を見つける。

虹の向こうで煌めく青。

もっと私の色を映してほしい。

もっと私を見ていてほしい。

……なんて。そう思うのは、わがままかな。

「レインちゃんっ、今からもう一曲歌いませんか?」

「うん、いいよ。私もちょうど、そうしたいと思ってた」

二人のための世界(ステージ)となっていた『特別訓練場』に、次は二人の曲……『Days in Full Bloom(デイズ・イン・フル・ブルーム)』を。そう決めて、『Rain(レイン)×Carnation(カーネーション)』としての名乗りを上げようと、目を閉じ、息を吸ったその瞬間。

「……っあんたたち、何をやってんのよ……!?」

紅蓮(ぐれん)の怨嗟(えんさ)を瞳に燃やした少女の、烈火迸(ほとばし)る怒号が、二人の声を灼(や)き潰した。

◇

「……フレア」

鉄扉の向こうの暗闇から駆け込んできたフレアは、眼前(がんぜん)の光景に息を呑(の)んだ。

見慣れたはずの地獄が、知らない色で埋め尽くされている。

「なんで『紅の太陽』が青く……!」

目を疑うような状況。しかし、確かめるまでもなく誰の仕業かはわかっていた。

「レイン……！」

鉄の国を焼き尽くす太陽の色を引き継いだかのように、フレアの瞳が紅(あか)く揺らめく。

どうしてレインばっかり。

隣で歌う笑顔も。

誰にも負けない実力も。

『太陽』に屈しない心の強さも。

無慈悲な王様に立ち向かえる勇気も。

人形なんかじゃない、アイドルの誇りも。

私の手から零(こぼ)れ落(お)ちていったもの全て、あんただけが持ってるの。

「……な……っ、お、おい、本当か……!?」

フレアの背後で、大人たちが慌ただしく何かを話している。「『紅の太陽』のエネルギー過負荷」「工場のシステムダウン」「対応を、原因の究明を急げ」「復旧って、一体何をどうすれば」そんな言葉が飛び交っているのが聞こえた。

先程まで空と大地を赤く照らしていたこの巨大共心石結晶(シンパシウム)は、工場の動力源。どうやらレインとハナの歌に乗せた感情が『紅の太陽』に一気に注ぎ込まれ、瞬間的に生まれた天候を塗り替えるほどの爆発的なエネルギーが、ライブ会場で機材を故障させたのと同じように工場のシステムを破壊したらしい。

「……レイン、ハナ……！　やっぱりあんたたちは、鉄の国を脅かす……！」

憎悪に満ちた形相で、フレアは二人へと歩み寄る。

「ご、ごめんフレア……変なことするつもりじゃ、なかったんだけど……」

困ったように微笑みながら平謝りするレイン。

三日かけて削り取られたはずのレインの精神は、たった一曲ハナと一緒に歌っただけでほぼ完全に回復していた。

鉄の国の支配下にありながら国の言う通りに全力で戦わないレイン。研修生とはいえアイドルを複数名煽動してゲリラライブを行えるような影響力を持つハナ。『特別訓練場』に送り込んでの再教育も通用せず、逆に国家の心臓たる巨大工場を歌ひとつで破壊し尽くされ、この場にいるアイドルたち全員の感情も掌握された。

もはやこの二人は、鉄の国が新たに味方に引き入れたアイドルなどではない。

これまで鉄の国が、フレアが、秩序のために殺してきたものを生まれ変わらせてしまうような、制御不能の明確な脅威。

……私が、止めないと……！

今この場で、災害にも等しい眼前の脅威を排除できるのは、自分一人だけ。

そう確信したフレアは、レインとハナのもとへ一歩ずつ詰め寄る。

「え……っと、フレア……？　顔、怖いよ……？」

動揺しつつも笑みを消さないレインに、フレアは内心恐怖すら覚えた。

「……レイン……あんたは……アイドルよ……！」

「う、うん……そうだよ」

「アイドルが……道具が。持ち主を無視して勝手な真似しないで……！」

一歩。

「あんただって、ちょっと前まで『砂の国』の人形だったでしょ……!?　この国でも、同じように大人しくしていてくれればよかったのに……！　今さら人間ぶらないで、人形らしくしていればいいのよ……！」

また一歩。

「あんたたちも、私も。ここにいるアイドル全員！　鉄の国の道具なの！　人形なの！　そうじゃなきゃいけないの……！　鉄の国の言うことに従わなくちゃ、強くなくちゃ、必要とされなくちゃ、捨てられるだけ……！　だから私たちは……！」

次の一歩が、

「……フレア。私、ひとつだけ知ってるよ」

レインの揺るぎない言葉で止まる。

「……お人形はね。そんな風に泣いたりしない」

足を止めた拍子に、一滴、零れ落ちてしまう。

「……違う」

「違わない」

「違うッ！　違う違う違う！　私はッ、あんたみたいに、あの子みたいに、自分の意志で誰かを助けたり、守ったり、救うことなんて一度もできなかった！　ランタンたちのことだって、この手で救えるわけがないって、簡単に見捨てた……！　だって私は、人間じゃないから！　私は、アイドルは、人間じゃない……国の言う通りに戦う道具でしかないんだから！」

喉を焦がして湧き上がる言葉は、激しく、鮮烈で。

「だから私は戦うしかなかった！　戦って戦って戦って！　勝ち取ったもの全部、人間ごっこに費やすしかなかった！」

己自身をも灼き尽くしてしまうような、憎しみの色に染まった刃。

「だって私が人間なら、あの子を！　セレナを見捨てたりしなかったはずでしょ……！」

わざわざ言葉にして確かめなくても、自分が一番よく知っている。

フレアが誰よりも許せないのは、誰よりも殺したかったのは、フレア自身だ。

誰も守れない、誰も救えない。弱くて脆い、英雄なんかになれやしない自分自身だ。

「……お、落ち着いて、フレア……」

冷静に宥めようとするレインの声を無視して、フレアはまた一歩近づいた。

地上五十階の寒空に吹く風が、花弁を散らし連れ去っていく。

壊さなきゃ。レインを。ハナを。鉄の国の敵を、排除しなきゃ。

そうすればまた、今まで通りの鉄の国に戻る。

もう三歩。いや二歩詰め寄って、突き飛ばせば。

屋上から落ちる位置に、二人は立っている。

私ならやれる。鉄の国がそれを望むなら、道具の私はそのくらい簡単にやれる。

放っておいたら、またぐちゃぐちゃに壊される。

ランタンたちのような犠牲者が生まれ続ける。

「レイン！　ハナ！　あんたたちは私の世界を壊す！　私の守ってきた世界を、鉄の国が築いてきた秩序を壊す、敵よ……！」

「……！　そんなの秩序じゃない！　フレアは目を閉じてるだけ！　間違ってるのは、この世界の方……っ！」

うるさい。黙れ。

鉄の国の敵は私が倒す。戦って倒して勝ち取る、それがアイドルの役割だ。

そのために人間やめて、親友見捨てて、鉄の国の道具（アイドル）になったんだ。

　この災害を排除できないなら、存在価値がない。

「だから、私があんたを壊さなきゃ……っ」

　手が届く距離まで詰め寄ろうとしたその時。

「だっ……ダメっす、お嬢！」

「ま、待ってフレア先輩……っ！」

　飛び込んできた二つの声が、フレアの耳にまとわりつく。

　フレアのしようとしていることに気づいたランタンがフレアの腰にしがみつき、今しがた屋上に到着したシズがレインとの間に割って入る。

「どきなさい、二人とも……邪魔しないで……！」

「だ、だめです先輩……っ！　こ、こんな高さ、から、落っこちたら……っ！」

　その先を口にできずに、吐息だけが凍え震える。

「離して、ランタン……っ、あなたは何もしなくていいの！　敵と戦うのは、私一人で十分なの……！」

「ひ、っ、ひとりじゃ……せんぱいは、ひとりなんかじゃ、ないですぅ……！」

　涙ながらに訴えるその声は、その灯（あか）りは、温（ぬく）もりは。とっくに目を閉じて、暗闇の奥底にあるフレアの心までは届かなくて。

「お嬢……！　レインたちの力は、必ず鉄の国にとって有用なものになるっすから！」

「どけって言ってるでしょ……!?　あんたまでこいつらに絆(ほだ)されたの!?　違うでしょ、あんたは私の、味方なんでしょ……！」

「だから止めてんすよ！　その一線を越えたら、お嬢は……！」

「別にいい！　みんなをこの怪物どもから守れるなら、私はどうなっても構わない！　戦うのは私一人だけでいい！　今までだってずっと、一人で戦ってきたんだから……！」

いつか失うことがわかってるから、誰も大切にしたくなかったのに。

誰の助けも借りずに、一人で戦い続けようと誓ったのに。

ずっと一人なら、何を失うことも怖くなんてなかったのに。

どうしてみんな、私を一人にしてくれないの。


――きっと『鉄の国』じゅうのみんなが、フレアさんのことが大好きなんです。


そんなの嫌だ。そんなの許されない。

みんなに愛されるようなアイドルなんて。

セレナの方が、ずっとずっと相応(ふさわ)しかった……！

「全部全部、終わらせるために……っ、あんたたちは、邪魔なのよ……っ！」

最強の雨も、星眩みの特効薬も、もう要らない。

切り捨てないと、また壊される。

「……どいて、ったら！」

ランタンを引きずって一歩進み、シズの襟を引っ張って転ばす。

「ぐぇっ……！　お、お嬢っ……」

伸ばした手が、レインの胸元に今にも届く。

「レインたちさえいなくなれば……また元の鉄の国に戻るんだから……そしたら、また元通り戦って……戦って、戦って……砂の国も霧の国も、みんなみんなやっつけて。……お金も……そう、みんなのための、お金を……！」

お金……何の、話だっけ。

ああ、もう別にいいか。

動じず、凛々しくまっすぐ佇んだまま。見つめてくるレインの瞳に、映る影。

……酷い顔。

「お嬢！　お金はもういいんす！　セレナは、もう、いないんすから……ッ！」

足元から聞こえた叫びが、雲ひとつない青空にこだました。

「……何、言ってる……の？」

「……っ、お嬢が止まんないからっすよ……本当は絶対、隠し通すつもりだった……けど、ちゃんと今、言うっす……」

これを伝えないと、フレアはきっと止まらない。レインを壊して、ハナを壊して、自分自身も壊し尽くして、二度と戻れない所まで行ってしまう。

そう決意して、シズは口にした。

「……セレナは治療院にはいないっす。……『赤の一票』。あの共心石が、セレナっす」

フレアの最後の支えを、粉々に圧し折る真実を。

「……………うそよ」

「本当っす」

「だってずっと、私。お金……セレナの、みんなの治療費を……」

「……『橋の国』がそんな慈善事業するわけないじゃないすか」

「でも。……共心石、って、何よ……セレナは人間でしょ……人間が、石になるわけ……」

「星眩み患者は、ずっと放っておくと共心石になるんすよ。……戦舞台にある、あの審査用の石像は……元は全部、人間っす」

アイドルが知ってはいけない禁忌を口にしたシズを、レインは慌てて止めようとする。

「ま……待って、シズさ……」

「みんなもよく聞いてほしいっす！」

ゆらりと立ち上がり、茫然（ぼうぜん）と固まるフレアの横を素通りして、シズは屋上にいたアイドルたち全員に語り掛けるように声を上げた。

「貴方（あなた）たちアイドルは、普通の人よりもずっと長く共心石（シンパシウム）の光に触れる。そうすると、星眩（ほしくら）みって病に罹（かか）る可能性が増えていくっす。戦舞台（ウォーステージ）の上や、この訓練場……共心石の放つ光の前で、強い恐怖や絶望を抱いてしまう……つまり『心が負ける』と、アイドルは星眩みになって、記憶や感情を徐々に失い、最後には石に変わる」

「シズさん、やめて！　それ以上は……っ」

混乱を広げるばかりの暴露をやめさせようと駆け出したレインの声を遮って。

「でも、レイン、ハナ。二人がいてくれれば、大丈夫なんすよね？」

シズは用意していたかのように切り札を切った。

「…………っ!?」

シズの「演説」に耳を傾けていたアイドルたちの視線が、一斉にレインに突き刺さる。

　彼女たちはつい先程まで、『紅の太陽』に心を摩り減らされ、恐怖と絶望に呑みこまれ、まさしく星眩みに陥る寸前まで衰弱していた少女たち。

　その症状を、レインとハナ、二人の歌が癒した。

　一花のような重症者を完全に治癒するほどの劇的な効能はないまでも、かつてレインの初期症状をハナが回復させたように……二人が心を重ねた歌には、星眩みを防ぐ程度の薬効作用が既に備わっていた。

　椿が目をつけたエネルギー。砂漠に雨を降らせ、荒野に花を咲かせ、太陽の色を塗り替えるほどの莫大な力で、星眩みに抗う正の感情を爆発的に成長させられる歌。

　愛を、夢を、笑顔を、希望を。みんなに分け与えるための癒しの歌。

「二人が歌ってくれれば、誰も星眩みにならずに済むんすよね？」

　口元だけに薄笑いを貼り付けたシズの、黒く淀んだ瞳がレインを見つめる。

　彼女の言葉で、縋るような視線をレインに向けるアイドルたち。

　……やられた。

　これを言われてしまったら、もう救うしかなくなる、助けるしかなくなる、歌うしかなくなる。

「鉄の国のみんなのために、歌ってくれるっすよね？」

　少女たちを眩ませたくなければ、歌え。そう脅されているのと同じ。

この国のアイドル全員を人質に取られたのと同じ。

これから先、鉄の国がどれだけおぞましい方法でアイドルを苦しめ、追い詰めたとしても。これまでよりもっと多くのアイドルを地獄に閉じ込め続けたとしても。

彼女たちの星眩(ほしくら)みを癒(いや)すための道具として、歌い続けるしかなくなる。

「もちろんですっ！」

「あっ、ハナ……！」

卑劣な思惑など露知らず、ハナは声高らかに快諾した。

「わたしたちはアイドルです。アイドルは、みんなを笑顔にするために歌うんです！……でもそれは、次の戦いに向かうためじゃありません。わたしたちの歌を聴いてくれたアイドルのみんなも、次は笑顔でステージに立てるように。みんなと笑顔を分かち合えるような、最高のライブができるように……その日のために歌うんです」

「……ハナ……」

ハナの覚悟を耳にしたシズは、パチパチと手を叩(たた)いて乾いた音を空に響かせた。

「素晴らしい。お二方は鉄の国の英雄です」

そして、懐から薄型の情報端末(タブレット)を取り出し、感情を持たない機械のような無機質な表情に変わった。

「……お聞きいただけましたか」

先程までの飄々とした語り口とは打って変わって冷たく落ち着いた声に、応える男の顔が画面に映し出される。

『……よくやった、賤ヶ岳。これでレインも、その力も。全て我が国のものだ』

レインにとっては、一度聞いた声。

ハナにとっては、一度見た顔。

『鉄の国』の全ての屍と全ての歪みは、この男の玉座の下にある。

「……総帥……」

力なくその名を呼んだのは……フレアだった。

「……はは。何よ……味方だなんて……シズの、うそつき……」

シズではなく、賤ヶ岳。道具としての通り名ではなく、人間としての名前を呼ばれた彼女は……最初からずっと、総帥の手先。

これまでシズを味方だと信じて任せてきたことも、全て無意味だった。

治療院に送ってほしいと預けたアイドルは、みんな放置されて石になり、戦舞台の会場に設置されているのだろう。

虚ろな顔で、乾いた笑いをひとつこぼして。フレアは冷たい鉄の床にくずおれた。

「……っせ、先輩……！」

その様子を見て、総帥はただ淡々と、凍てついた声を放つ。

『……フレアを諦めたのか？　賤ヶ岳』

「あのままでは、フレアがレインとハナを害する危険性が高かったので、緊急措置として例の件を伝えました。……それにフレアの精神は、もう限界です。これ以上の運用は不可能と判断します」

『そうか。フレアの管理はお前に一任している。その判断を尊重しよう』

画面に映る男は、表情ひとつ変えずに言い放った。

『レイン、ハナ。お前たちに被害がなくて何よりだ』

「…………ッ！」

レインの腹の底から、純然たる怒りが滾る。

この男にとって、アイドルとは本当に使える道具かどうかでしかないのだと、たった一言で理解できた。

「ふ、フレア先輩っ……！」

力なく座り込み、何処でもない虚空を茫然と見つめているフレアに、ランタンが泣きながら必死に話しかける。

「………ラン、タン……」

ほとんど焼き切れた心に、意味を失くした名前の響きだけが残る。
結局、この子たちも守れなかった。
彼女の不安も恐怖も、全部レインとハナが流し去って、吹き飛ばした。
私はまた、何も守れなかった。
「……どうして、レインばっかり」
羨ましい。大切な人と二人で歌えるレインが。
羨ましい。差し伸べた手で、望む通りに人を救い出せるレインが。
羨ましい。赤く憎らしい太陽を打ち壊して、世界の色を変えてしまえるレインが。
羨ましい。国に選ばれて、みんなに必要とされて、英雄でいられるレインが。
何もできなかった私は、何も守れなかった私は、何も救えなかった私は。
一体何のために戦っていたの。
何のためにアイドルを続けてきたの。
私だって本当は、お人形なんか嫌だった。
レインのようにいち抜けして、人間に戻りたかった。もっと早く楽になりたかった。
ずっと一人で戦い続けられるほど、私は強くなんてない。
私なんかじゃ、誰よりも輝くアイドルになんてなれなかった。
あの時、さっさと諦めていればよかったんだ。

私が降りれば、今頃セレナがアイドルになれていた。

英雄になるべき人間が、正しく舞台に立てていた。

ううん、もっと前。私が足の痛みに負けるような泣き虫じゃなければ、あの子を巻き込まずに一人で逃げていれば、あの子と仲良くならなければよかった。

セレナは、私なんかと、出会わなければよかった。

「せ、先輩っ……フレア先輩っ！　しっかり……っ！」

いつだって強く気高く炎のように燃え滾っていたフレアの瞳は、もはや風前の灯火のように弱々しく輝きを失い、血が滲んだかのように赤黒く濁り始めていた。眩む。大好きな先輩が、心を失くしてしまう。

ランタンは泣きながら必死に呼びかけ、フレアの感情を……絶望に抗う正の感情を、呼び起こそうとする。

「フレア先輩っ！　あ、あたしの名前……ランタンって、太陽が届かない場所を照らせるようにって、この国の暗い場所を少しでも明るくできるようにって、フレア先輩の支えになれるようにって、祈ってつけた名前なんですっ！」

自分が聞かれて、嬉しかったことを。

「先輩の……『フレア』の祈りは、何ですか！」

もう一度フレアの心に火が灯るようにと、縋りついて問いかける。

大丈夫。大丈夫です。

フレア先輩は最強なんです。

何度レインに負けても、何度でも折れずに立ち上がってきた、本物のヒーロー。

誰より眩(まぶ)しく燃え輝く、世界中にだって届く希望の光。

レインより、ハナより、ずっとずっと強くてすごいアイドルなんです。

だから、絶対絶対、大丈夫。

「……そんなの……私には、わからない……」

「…………っ！」

そんなランタンの希望は、たった一言で儚(はかな)く脆(もろ)く打ち砕かれる。

「だって、この名前をくれた子は……セレナは、もういない、もの……」

ぐらりと傾き、仰向けに倒れかかるフレアの身体(からだ)を、ランタンが必死で抱き留(と)める。

見上げた拍子に、瞳に映り込む空の色。

「……空、って……こんなに……」

頭上に広がり、視界を埋め尽くすそれは……フレアの敗北を告げる色。

赤の次に、大嫌いだった色。

……そんな憎悪も、今は弱々しく尽き果てて。

やがて徐々に色を失い、フレアの世界が黒く染まりかけていく。

不安そうにフレアの様子を見守るレインとハナの姿が、辛うじて視界に映り。

残り火が絶える間際に色濃く光るように、フレアは最後の足掻きを口にする。

「レイン………ううん。天地、愛夢。……それに……鈴木花子……」

あんたたちだけは道具にされないで。人間でいて。本物の英雄のままでいて。

そんな意味を込めて、二人の「名前」を呼び。


「……燦。高町、燦っていうの。私の、名前……」


自分も人間らしく在りたかったという願いを、呟いた。

「……燦」

「サン、ちゃん」

レインとハナが、受け取った願いを大事に繰り返す。

「素敵です。あったかくて、ポカポカして……太陽みたいで。素敵なお名前ですっ」

精一杯笑ってまっすぐに伝えたハナを、

「…………やめてよ」

フレアは壊れた笑顔で拒絶した。

焼け残った煤のように、真っ黒に濁ったフレアの左目から。

蝋にも似た、真っ黒な涙がどろりと零れ。

バキッ、と。何かが砕け散るような音を立てて。

フレアの左目を覆うように、赤黒い結晶が生えた。


「い…………いやぁぁぁぁぁぁぁぁぁああああああああああああッ!?!?」

ランタンの絶叫で、周囲に混乱と恐怖が伝播していく。

「……っ、あ……！」

あのハナでさえ、驚愕に目を見開き、笑顔を忘れて絶句する。

光を失くしたフレアの瞳が、力なく見開かれ虚空をさまよう。

あれだけ絶えず燃えていた怒りも、憎しみも。もうどこにも残っていなくて。

「……星、眩み……！」

一花のそれよりも、さらに先。顔半分が結晶に覆われた状態。

最後の火が消えて、症状が一気に進行したんだ。

それだけ深く大きな絶望を、フレアはずっと一人で抱えてきたんだ。

『……折れたか』

茶番が終わったか、とばかりに何の関心もない声が届く。

『残念だ。これでもフレアは気に入っていたのだが……もう少しで、かつてのレインのような完璧な逸材に仕上がるはずだった。……が、ノイズが多過ぎたな』

　情報端末を手に佇むシズの方を、レインは怒りの形相で振り返った。

「……っ、何てことを……！」

『まあいい。被害に見合う収穫はあった』

　画面に映る男の顔を鋭く睨みつけるレインに、シズは凛然と歩み寄る。

『レイン、ハナ。いや、『Rain×Carnation』。お前たち二人のユニット活動を許可する』

「は……!?」

　手の平を返すような態度に一瞬戸惑ったレインだったが、すぐにその真意を理解した。

とことんまで、自分たちを利用するつもりなんだ……！

『早速だが、お前たちに仕事を命じる。……断ったり手を抜けばどうなるかは……言うまでもないな』

　一層低く、冷たい声。未だ混乱と絶望のさなかにあるアイドルたちを……いや、鉄の国のアイドル全員を人質に取った卑劣なやり口で、総帥は「命令」を続ける。

『我が国の周辺国家の一つである『樹の国』に、お前とフレアの他に最強と呼ばれていたアイドルがいるのを知っているか』

「……知らない」

『では詳細は賤ヶ岳から聞け。お前たち二人には、そのアイドルを破り我が国の配下としてもらう』

たった今欠けたフレアの穴を、別の戦力で補填するための、あまりに無慈悲で機械的な命令。

その態度を受けて、レインは確信した。

この男が、私たちの「壊すべき世界」そのものだ。

「……戦舞台の賭け代は、勝手に指定できないはず」

『問題ない。一度でも勝てれば、全て手に入るようになっている。お前は余計なことを考えず、ただ戦って、ただ勝てばいい』

「……それは、嫌」

「レイン。よく考えて発言しなさい。貴方の態度ひとつで、いくらでも他のアイドルの待遇は変わるんですよ」

シズが普段とはまるで違う、冷淡で厳格な「賤ヶ岳」として理不尽を突きつける。

「今までは消耗品だったアイドルが、貴方たちの歌で再利用できるとわかった。もうこの国のルールは変わったんです。貴方たち二人の力を有効活用するためなら、我々はどんな手段も取ります」

「……そんなの……滅茶苦茶(めちゃくちゃ)だよ……」

怒りや哀(かな)しみで、レインの顔が悲痛に歪(ゆが)む。

『安心しろ。お前たちのせいで、『特別訓練場』はしばらく使えない。そう易々(やすやす)と眩(くら)むこともなくなるだろう。他の動力供給手段を考慮する手間はあるが……安いものだ。お前たち二人の力がこの手に入ったことに比べれば』

「……私、あなたのこと大嫌い」

『フレアは最後までそれを一度も口にしなかった。お前は賢明な道を選ぶといい、レイン。通達は以上だ。……それと、賤ヶ岳(しずがたけ)』

「はい」

『次回の戦に欠員が出ないよう、『鉱組(アラガネぐみ)』からひとつ、フレアの代わりを補充しておけ』

「承知しました」

一方的に言い残して、通信が切られる。

「……っ、う……っ、ひぐっ。……せん、ぱいっ……」

静まり返った屋上で、ランタンのすすり泣く声だけが残った。

「……ハナ、大丈夫？」

フレアの変貌を目にしてからずっと、動揺したように大人しくなっていたハナの手を取ってレインが尋ねる。

「は……はいっ。大丈夫、です」

答える声にも、いつもの元気がない。

ついさっきまで、ハナはずっと浮かれていた。

レインと一緒に歌って、『鉱組』での日々の成果なのか以前よりもうまく歌えて、星眩(ほしくら)みになりかけたアイドルたちを癒(いや)すこともできて。

一花(いちか)お姉ちゃんの笑顔を取り戻せる、最高のライブに近づけているんじゃないかって、心を躍らせていた矢先。

目の前で、フレアが堕ちた。

「……っ、フレア、さん……」

ハナの指輪が、戸惑いを映したように明滅する。

助けられなかったという後悔。

治せないかもしれないという不安。

太陽みたいって言ったことが、とどめを刺してしまったかもしれないという罪悪感。

あらゆる負の感情が、ハナの心に猛スピードで広がっていく。

ひとつひとつ割り砕くようでは到底追いつけない速度で。

「……レイン、ハナ。ひとつだけ、聞いてもいいすか」

濁った眼のまま、シズは「賤ヶ岳」ではない口調で尋ねた。

「フレアの……お嬢の星眩みは、治りますか」

「…………っ！」

シンプルな質問に、レインは息を呑む。

何も確かなことは言えない。

一花だってまだ回復できていないのに、それより更に進行した状態のフレアを、歌を聴かせるだけで癒せるかどうかなんて、何もわからない。

フレアの顔半分を覆う共心石結晶が、ただ青く光るだけだったら……どうしよう。考えただけで恐ろしくなる。

「……できます」

ハナが強張った声で、しかしはっきりと口にする。

「フレアさんも、お姉ちゃんも、今まで星眩みになってしまった鉄の国のみなさんも。わたしとレインちゃんの最高のライブで、元気にしましょう。……それで、あのひと……ソウスイさんにも、アイドルのこと好きになってもらいますっ」

「…………！　あははっ……すごいね、ハナは……」

そうだ、ハナの言う通りだ。

ハナは「みんなに愛される」最高のアイドルになるんだ。

これから戦わされる『樹(き)の国』の人だって、そのライブを観(み)てくれる人たちだって、今の世界を作ったアイドルの敵だって関係ない。みんなに愛してもらうんだ。

「うん。……歌おう、私たちで」

歌おう。ライブをしよう。

フレアをこんなになるまで苦しめた鉄の国の秩序も全部壊して。

みんなを、アイドルたちを救おう。

きっと私たちは、そのためにこの地獄にやってきたんだ。

もう迷わない光を握り締め、揺るぎない誓いを立てる。

私は、ハナといれば、どこでだってアイドルできる。

「……夢物語っすね」

乾いた笑いをこぼして、シズは呟(つぶや)いた。

「別に、治せないならそれはそれでいいんすけどね」

動かなくなったフレアの身体(からだ)を抱きかかえてうわごとのように彼女の名前を呟き続けるランタンの傍(そば)に膝をつき、吹き抜ける風に消え入るような小さな声で彼女は呟いた。

「……おやすみなさい、お嬢」

そしてすぐさま「賤ヶ岳」に戻り、ランタンに向かって冷たい声で語り掛ける。

「……『鉱組(アラガネぐみ)』一四号室、研修番号１１３６番。……いえ、ランタン」

びくりと肩を震わせて顔を上げたランタンの目には、大粒の涙が溜(た)まっていて。

それを目にしたハナの表情が、また少しだけ曇る。

「本日より貴方(あなた)を『鐵組(クロガネぐみ)』の配属とします。部屋は、フレアのものを使用すること。訓練(レッスン)への参加は特例で明日からとします。『鉄の国』のため、励みなさい」

「………は、い？」

総帥が残していった言葉は、ランタンの耳にも辛うじて届いていた。

──フレアの代わりを補充しておけ。

「あたしが……フレア先輩の、……代わり……？」

怒りとも、悲しみとも、恐怖ともつかないような、あるいはそれら全てが綯交(ないま)ぜにされたような表情を浮かべて愕然(がくぜん)とするランタン。

そんな彼女の感情豊かな顔とは対照的に、フレアの顔からは一切の感情が失われ。

顔半分を覆い隠すように成長した赤黒い結晶が、きっと彼女の心と同じ色に、鈍く輝いていた。

あとがき

レインという少女と出会ってから、雨の日が少しだけ苦手ではなくなりました。林星悟(はやししょうご)です。このあとがきは「雨止(や)んでるし平気だろ」と余裕かまして出かけたら不意の豪雨でずぶ濡(ぬ)れになって帰った日に書いてます。少しでいい、加減をしてくれ……。

さて、この度は本作「ステラ・ステップ」2巻をお手に取っていただきありがとうございます。皆さんの応援のお陰で、無事続刊のお披露目(ひろめ)が叶(かな)いました！

1巻では多くの読者の方々が衝撃を受けたと伝えてくださったラストシーンから、舞台は『鉄の国』へと移り、二人を待ち受ける過酷な日々。2巻でも「ステステ」の世界の美しさと凄惨さとをお楽しみいただけたかと思っています。

本作……2巻もまた、愛の物語です。

希望と絶望を抱えたまま、少女たちは激化する戦いの渦へと巻き込まれていきます。アイドルを駒のように操ろうとする国家の思惑に抗(あらが)い、夢に手を伸ばし続けることはできるのか。「彼女」の未来に、再び火は灯(とも)るのか。それとも、夜はもう明けないのか。

彼女たちを好きになってくださったあなたのためにも、彼女たちの幸福な未来を祈る私のためにも。「その先」の物語をお届けできるよう力を尽くしますので、どうかこれからも応援よろしくお願い致します……！

それでは、ここからは謝辞を。

1巻から引き続きご担当くださり、ツイッター公式アカウント（@stellarstep_mfj）の運用をはじめ様々な宣伝施策に積極的に動いてくださった超絶天使担当編集様、ならびにMF文庫J編集部の皆様。今回も大変お世話になりました！　1巻から大きく間を置かず熱を途絶えさせず2巻をお届けできたのも、皆様のお力添えのお陰です！　いつも本当にありがとうございます……！

イラストレーターの餡(あん)こたく先生。レインたちだけでなく、今回はフレアやランタンと魅力的な面々も新たに描いていただきありがとうございました。そして何より！　皆さん見ました⁉　あのカラー口絵ですよ口絵！　なんて美しく幸福な一幕！　最初「指輪をはめる」との文言だけでご依頼させていただいた時「いよいよ結婚ですか」と反応してくださったと聞きましたが、奇遇ですね。私もです。

今回も素敵なカバーデザインを手掛けてくださったムシカゴグラフィクス様、出版や流通に際し尽力くださった全ての皆様にも、最大限の感謝を述べさせていただきます。

そして何より、皆様の助力で完成したこの本を手に取ってくださったあなたへ。1巻を読んで感情を叫んでくださった読者のあなたへ。あなたのお陰で本作は完成しました。そしてこれから先の物語も、きっとあなたの祈りで完成していくはずです。

ですのでどうかこれからも、ステラ・ステップを応援よろしくお願い致します！

林　星悟

MF文庫J

ステラ・ステップ2

2023年 4月 25日　初版発行

著者　林星悟

発行者　山下直久

発行　株式会社 KADOKAWA
〒102-8177 東京都千代田区富士見 2-13-3
0570-002-301（ナビダイヤル）

印刷　株式会社広済堂ネクスト

製本　株式会社広済堂ネクスト

Printed in Japan　ISBN 978-4-04-682402-8 C0193

●お問い合わせ
https://www.kadokawa.co.jp/（「お問い合わせ」へお進みください）
※内容によっては、お答えできない場合があります。
※サポートは日本国内のみとさせていただきます。
※Japanese text only

◇◇◇

【 ファンレター、作品のご感想をお待ちしています 】
〒102-0071 東京都千代田区富士見2-13-12
株式会社KADOKAWA　MF文庫J編集部気付「林星悟先生」係　「餡こたく先生」係